一罪不二審

Res Judicata

維姬 · 葛朗特 Vicki Grant／著
柯清心／譯
Tseng Feng Art／圖

這本書要獻給妳，珍妮・理查森（Jennie Richardson），因為

一、妳威脅我，還有

二、Te valde amo ac semper amabo.（譯注：西語及拉丁文，我愛妳，我將永遠愛妳。）

目錄

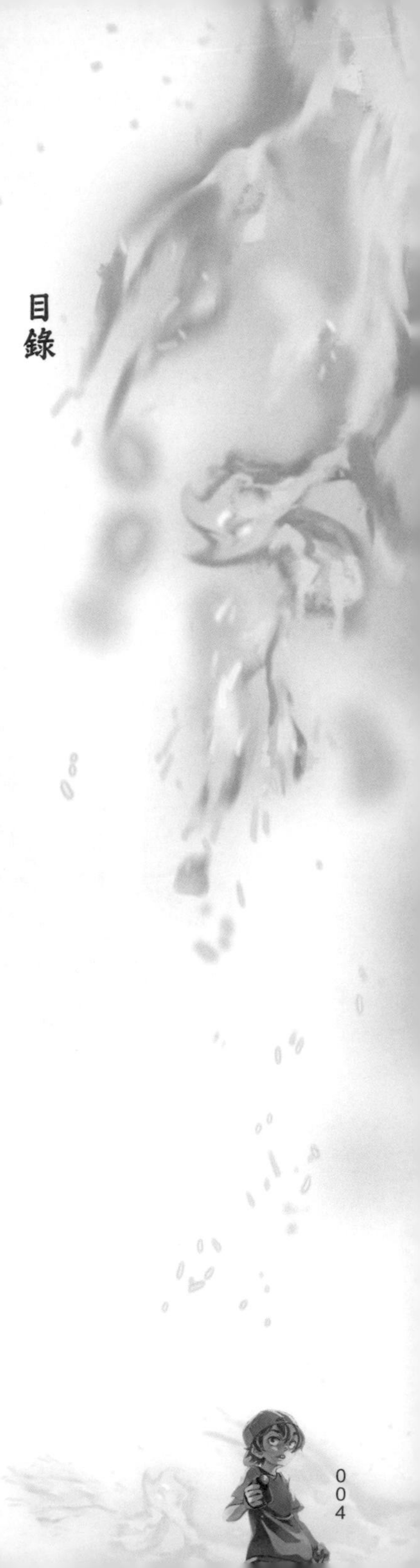

一罪不二審
Res Judicata

出場人物

一罪不二審
Res Judicata

第一章

掐死

按住喉部使窒息至死

那傢伙掐住我的脖子，拿我的頭撞地板，大概是決定不了，到底是要勒死我，還是想把我撞到腦袋開花。

若非如此，便是他厭煩了用一般的殺人方式。

我拚盡全力想甩掉他，但簡直自不量力。我，西羅・麥克恩泰，人稱「電玩高手」，想摺倒這種大坦克？

想得美。

小蝦米鬥大鯨魚的勝算可能還大一些。老實跟你說，我能讓他眼球突瞠，已經很厲害了，至少表示我不是個澈底的廢物，他還是得花些力

氣的。

若是換個時間，我頭側挨一記，八成就倒地不起了。這次本人死撐著不倒，唯一理由就是我太怒了。

我不是生他的氣，我是說，**他**多少在我的意料中，要不然他還能怎麼辦？這是我自找的。

我氣的是我老媽，都是她的錯，全得怪她。

她平常就那樣。

假若安德——那是我老媽的名字——不是那麼難相處，她十四歲時，便不會流落街頭了。

要不是她那麼——這麼說好了——漫不經心，就不會在十五歲時生下我。

要不是她那麼爭強好勝，也不必在二十五歲，硬要證明自己可以讀法律學院。

若不是她那麼吝嗇，也不會拖著我陪她去上所有夜間課程。（我是說，偶爾花十塊錢請保姆是會死嗎？她每天吃炸薯條都不只那個錢。）

如果她不是那麼杞人憂天，就不會逼我每晚陪她讀書了。

要不是她那個樣子，如果她只是個中規中矩的無聊媽媽，我就會對法律毫無所悉。

假如我一點都不懂法律，就什麼都不會說。

而我若什麼都沒說，這雙油兮兮的大手就不會掐在我的脖子上，我的腦子也不會在眼球後方彈跳，看見奇怪的白光，聽到男性天使呼喊著：「回家來吧，西羅！回來吧！」我應該在滑板場裡廝混，做一般

十五歲小孩子會做的事：遊蕩閒晃。

老實說，我受夠安德打亂我的人生了，我不會再放過她了。我突然好想掐死她。

那大概正是我需要的吧。一個目標，一個能驅策我的東西。我突然橫勁一生，雖非超人的神力或類似的東西，但亦足矣。我把那傢伙的拇指扳開一兩公釐，我的氣管隨之一張，吸入一小股空氣，然後直盯住他的眼睛，說出我必須說的話。

「Res judicata.」（一罪不二審）

第二章

事實陳述書

事實的陳述以及相關法條，由申請、上訴、動議雙方各自提出。

五個月前。

我第一次看到道奇・佛蓋爾跟安德在一起時，以為他要逮捕安德。

聽起來瘋狂，實則合理，我敢打包票，每個人都以為是那樣。我的意思是，誰不會那樣想？當你看見一名警察奔過大街，抓住某個穿著軍靴的瘦小女生時，自然會以為他要給她上手銬。

如果你是那個瘦小女生的孩子，自然覺得她一定是用手肘去撞警察的牙齒，在原本已有的罪狀上，再加一條「抗命拒捕」了。

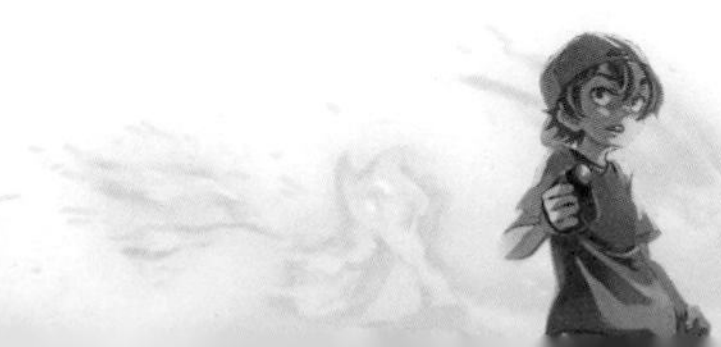

你**絕對沒有**料到的是，警察竟用手臂圈住她的脖子，彎下他那顆碩大的頭，湊到她臉上，然後——我真沒有開玩笑——用鼻子去蹭她的耳朵。

假如安德抽身將那傢伙海扁一頓，那麼我還會覺得活在現實裡，可是她並沒有。

她也用鼻子**蹭**回去。

等我從震驚中回過神，我已經準備好去逮捕他們兩人了。刑事法中雖然沒有「蹭鼻子」罪，但應該列進去，畢竟裡頭有公然猥褻罪，更別提虐待兒童了。（如果看著兩名成人——其中一位是你老媽——在公共場所與人親暱，還不構成虐待兒童的話，我不懂還要怎樣。老實說，我懷疑那種情緒創傷會不會有癒合的一天。）

幸好安德抬頭換氣時，瞧見我站在那兒怒目瞪他們了。她就像被自己老爹活逮在門廊上跟人親熱似的，慌忙從那傢伙身邊跳開，然後努力眨眼裝萌，彷彿那麼做，看起來會很無辜。我只是搖搖頭，她以為我很好騙嗎？

她嗲聲嗲氣的用一副校長的語氣對我說：「唉呀，是你啊。哈囉，西羅。沒想到會在這兒遇見你。」

「妳沒想到？」我說，「我的意思是，剛才那場小演出，不是為**我**演的嗎？」

她本想說「什麼？」，意思是「你這話是啥意思？」，但我忍不住咳笑一聲。我不會讓她輕鬆過關的，安德也很清楚這點。她調整衣衫不整的T恤，試圖擠出笑容。

我真的可以看到她的腦筋四處飛轉，打開各個抽屜，翻找墊子底下，搜遍口袋，想找個能對付我的辦法。

最後她轉向那傢伙，說道：「呃……道奇，這是我兒子，西羅。」那傢伙的眼睛瞠到都凸出來了，像憋住一大口嗝氣似的。「兒子？」他說，「妳沒跟我說過妳有兒子。」

老媽的大實話顯然很不中聽。

她咬牙勉強笑道：「我當然提過呀！」她轉身站到男人面前，我看不到她的臉，但我太了解她了，安德一定是用她那對美麗的眼睛對他的腦袋作法，那是她的終極絕招，老媽能用那種眼神拔掉一個人的指甲，讓每個人變得服服貼貼。

那傢伙開始點頭說：「噢，對齁，**那個**兒子！當然當然！」他伸手想跟我握手，「你好啊，小傢伙！」

小傢伙！

有沒有搞錯。**小傢伙？！**

我算啥——小狗還什麼的嗎？這些大傢伙真是令人難以置信。平時沒事拿他們渾身筋肉的魁梧體格遮住我們的視線也就罷了，難道還要把我們當成小可愛嗎？

我故意讓他的手懸在空中，不予回應。一會兒後，他自討沒趣的聳聳肩，把手插到腰上（狀似本來就是要插腰的），然後說：「呃，我想我該走了，如果要準備今晚……呃……去那個……嗯，妳知道的。」

安德甚至沒看他，只是回道：「好啦，那就再見了吧。」

兩人雙雙揚起手，彷彿要做童子軍宣誓，接著安德轉身踏步離開，

我仍能聞到她身上飄著那傢伙的古龍水味。那男的是怎樣，泡到古龍水裡了嗎？

安德抓住我的臂膀，裝出模範母親的樣子說：「唉呀……今天學校怎麼樣呀？」當我是很好哄的小可愛。

我寬宏大量，裝做沒事的微微笑說：「很有趣。我們討論了一些多年來，學者都無法解釋的謎題。」

「好酷——喔，例如什麼謎題？」老媽喜歡覺得自己生出一個坐在班級前排的聰明小孩。看到「蹭鼻子」事件後，你大概很難想像，但整體而言，安德把當媽媽這件事看得過於嚴肅，彷彿我是她的期末報告，就算犧牲掉我們其中一人，她也一定要拿A。

「噢，妳知道嘛。」我說：「諸如如何建造金字塔啦……恐龍遇到什麼事啦……或像安德・麥克恩泰這樣的左翼瘋子，怎麼會跟警察約會之類的謎題。」

她當即翻臉，你都可以聽到模範母親的面具，碎在人行道上的聲音。她把嘴唇噘到鼻孔裡，怒目看我。「他不是警察！」

「我覺得看起來就是。」

「人家是副警長！」

「哦。了不起。」

她瞪眼大嘆一聲，朝我射來了一枚空氣飛鏢，我迅速矮身躲避。接著安德說：「西羅……福來德……麥克恩泰！你在法庭上待過那麼久時間，應該知道警員跟警長的區別吧！」

安德又要訓話了。這是她轉移話題最愛用的招數之一，我氣定神閒的任由她數落，反正我也攔不了。

「假如你有用心，就應該記得，至少在新斯科舍省，警長和副警長是治安人員，而非警務人員，他們是在法庭系統中工作的，負責執行法官的意旨，維護法庭秩序，護送犯人出入獄所之類的職務。反之，警員則負責調查犯罪、逮捕、處罰違反交通的人、在街上巡邏、處分噪音問題等等。」

她乾笑幾聲說：「你絕對不會看到警長在街上親身參與那類事務。」

這太容易反擊了。

我說：「我覺得看來很像是在親自參與。」

這話刺到她痛處，老媽把嘴抿得死緊，活像氣球上的結。「這位先生，你給我聽好。」她說，「你不能那樣跟我說話，我是你母親，所以你**嘴巴最好放尊重點！**」

她竟然講出這種話？叫我？嘴巴放尊重？她感覺不出這話有多麼諷刺嗎？是誰會跟饒舌歌手一樣飆髒話？是誰三度藐視法庭？還有，噢，對了——是誰剛才用嘴巴去蹭某位警長的耳朵？

是不是！

「我是說真的！」她表示，「所以你最好放聰明點，對了，」——她走在前方，這樣就不必看我的臉了——「你得幫我辦一件小事，伊克博檔案的事實陳述書得在明早之前寫好。」

我得先打住，解釋一下。

你大概發現了，安德這個人超級帶種，不僅有膽量、正義感、勇

氣、拚勁，她的膽氣濃到都要從耳朵裡噴出來了。不是真的噴啦——但至少大部分時間如此——你應該明白我的意思了。

有時那樣很好。

比如說，若非安德鼓起勇氣把胖房東告上法庭，老柴德先生和他那二十二隻貓只怕要露宿街頭了。

安德若沒種去告潔淨乾洗店，只怕他們還是會把不怎麼潔淨的汙染物倒到港口裡。

還有，老實告訴你，要不是安德有膽氣獨自扶養孩子、讀法律學校、讓母子兩人有飯吃，不太惹麻煩，那麼今天的我，大概會住在寄養家庭了。我要強調的是「不太」兩個字。

安德的帶種也有不好的一面。

例如，被我活逮她跟男人在大街上親熱，竟然還有臉跟我說，**我**必須整晚待在家裡幫**她**工作。

拜託好不好，說真的，應該被禁足的人，不是我吧。

我突然感受到綠巨人浩克要爆裂襯衫前的狂怒了，我澈底抓狂的說：「休想，安德！那是**妳的**工作！」

「本來是，現在變成你的了。」語氣彷若送我禮物。

「為什麼？」

「因為我沒法做，我很忙。」

「我就不忙嗎？相信我，我還有比坐在家裡，幫妳整理法律文件更好的事情可以做。」

「哦，是嗎？例如什麼？」她轉頭狐疑的看著我，像是逮著我做壞

事。

我絕不會讓她翻盤得逞，她這招在法庭上也許有用，但在這裡休想奏效。

「少來，」我表示，「我絕不說，妳先講。妳今晚到底什麼事那麼重要，讓妳無法親自寫那份陳述書？」

她撥弄手上的戒指，伸出手，檢視自己的指甲。（你會以為她斑駁的黑色指甲油，是故意弄出來的。）安德清清喉嚨，「呃，我有……嗯……」

「停，別說，我來猜。」我說，「我今晚，有，呃，一點小事。」

她開始在皮包裡找菸。「不對！」她說，「不是那樣。你怎會那麼想？只是呃……唉呀，對不起。等我一下，我點個菸……這真是個壞習慣……我真應該……」

我再也忍不住了，便說：「妳別再拖拖拉拉了行嗎？妳我心知肚明，妳今晚要跟那個傢伙出去！」

她從菸上抬眼睨著我，舔舔手指，噗一聲把火柴掐熄。看她的表情，我猜她把火柴當成我的頭了。

我說：「妳何不請雅圖拉幫妳寫陳述書？她是律師，是妳的合夥人，去請她寫。」

她彈掉菸上的灰，垂眼看著街道，好像突然不確定她的公車在哪裡。安德說：「我不想那麼做，你知道我不喜歡打擾她。」

最好是工作進度再次落後，然後不去「打擾」她啦！不，雅圖拉一定不喜歡那樣，一點都不會喜歡。律師事務所裡只有她們兩人在管，破

舊的小辦公室就在葛庭根街一間炸魚薯條店的上面。她們有太多客戶遇到一堆問題，景況淒涼，因此工作絕不能堆積，這一點雅圖拉很早就知道了，安德怎麼還不懂？

憑什麼我得擔心那些垃圾事？她是母親，是律師耶，我只不過是個孩子。我應該要擔心自己的膚況（我確實挺擔憂的），煩惱女生的事（我也有），學校的課業（我還好，至少沒有很擔心）。這是大人的事，太不公平了。

更不公平的是，我甚至不能讓她看出我的擔心。當時我最不希望的，就是讓安德擔心我在煩惱，那會使我更加憂慮。我只有一個選項：按捺住，做自己必須做的事。

我回身開始像《法律與秩序》影集中，對陪審團說話的大牌出庭律師般來回踱步。「我看我有沒有說對，妳要我花一整個晚上，在妳的一份檔案裡，撰寫法律陳述書——沒錯，是妳的檔案——好讓妳跟妳的警察男友出去玩？」

老媽聽了大抓狂。「我跟你說過，他不是警察，還有順便告訴你，人家不是我男朋友！我們只是……呃，朋友而已。」

「好吧。」我說，知道她在撒謊，她若不是被戳中了，絕不會那麼生氣。「我的媒體藝術課有份錄影作業，我今晚要開始做，可是沒關係，妳甭擔心，沒問題。我會幫妳寫陳述書。」

她眼中的詭異橘光熄掉了，鼻孔裡不再滲出有毒的菸氣。安德眼中泛光。

「真的嗎？噢，西西！我就知道我可以信得過你！」她抽出嘴裡的

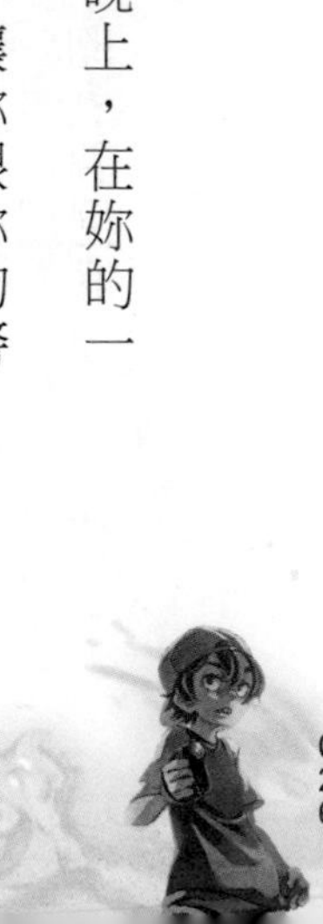

菸，用雙臂環住我的脖子，開始在我臉上亂親一通。我最討厭她這樣了，我若沒被那種尷尬或二手菸的氣味給弄死，也會被她的鼻釘戳掛。

我把她從身上剝開。「好啦好啦好啦，妳別再放閃了，把熱情留給穿警察制服的先生吧。」我說，「我話還沒說完，如果妳答應幫我買新的長滑板，我才幫妳寫陳述書。」我覺得我應該得點好處。

她踉蹌後退，張嘴惱怒的看著我，像是嗆到骨頭，安德甚至發出乾嘔的聲音。

「你是在勒索我嗎？！」她說，「勒索你的親生母親？！」

我停下來想一會兒。「是啊。」我接著說，「妳那樣講也不算錯。」

她又被那根骨頭噎到了。「不可思議！我簡直……簡直……說不出話！我們是家人耶！家人要相互幫助！」

「沒錯。」我說，「這正是我想說的。我幫助妳撰寫陳述書，讓妳今晚跟警長大人去『那個』。妳可用撰寫陳述書的一部分費用，幫我買個滑板。有些人或許稱之為勒索，但我稱之為公平的使用者付費。」

安德露出無招可用時的扭捏動作，她重重抽了口菸，準備破口大罵，但我們倆都知道任她再怎麼飆罵都沒有用，因為她根本站不住腳。

「好。」她說著從嘴角噴出一道煙。「罷了罷了。總有一天，當你回顧此事，一定會跟我此刻一樣感到震驚。你會驚駭的憶起，自己竟然未能感念這份良機，為一個善良的家庭服務，讓他們免於被遣回飽受戰火蹂躪的家園，反而從中謀取私利。你完全沒有顧慮到你的母親為了賜予你現今擁有的生活，做了多少犧牲，她愛你勝過世間任何一切啊。

不，那些你全都不在乎，你看到快速致富的機會，便撲了上去。罷了，我相信有一天你會夠成熟，會為自己的行為感到寒心。我將耐心的等候你來道歉。」

真愛演，安德會耐心等候才怪。你真該看看她在爆米花爆好時，衝向微波爐的那副德性，就像水裡嗜血爆衝的食人魚。

「你給我把陳述書寫好——要按照我的標準！然後我就可能幫你買個蠢滑板。」

大部分小孩應該會滿意了，但本人不然。我很清楚自己的對手是誰，安德跟所有優秀的律師一樣，一定已經在找破綻了。

我絕不會讓她得逞。

我打開背包，拿出從學校媒體室借來的錄影機，要她重述剛才的允諾，並叫她把手伸出來，確定她的手指沒在背後打勾（譯注：一種手勢，意為「請上帝原諒我撒謊」）。我甚至要一名路過的女孩當證人，並錄影存證。

這下子安德絕對無法賴帳了。

我一路雀躍回家。

我從不知道，原來敲詐勒索這麼有趣。

第三章

擾亂治安

以製造巨大噪音、打鬥或其他反社會行為，破壞秩序。

約莫三周之後，有天放學，我跑去滑板場。我最要好的朋友崁多・朗金的滑板後輪出了問題，正停下來修理。我也停下來修理自己的滑板輪，可惜沒啥鳥用，我就算把兩顆腎臟都捐給這張板子，還是救不了它。我已按之前所說的，幫安德寫那份陳述書了，但我還是沒得到新滑板。

我們在陰涼處坐了一會兒，努力修理滑板。崁多話不多，他的工作就是帥帥的坐在那裡吸引女生，我的工作則是維繫我們之間的談話。通常我只講無聊的笑話和電影講評，也不知為什麼，那天我竟然開始跟他聊起畢夫（譯注：西羅討厭媽媽的男友道奇，所以幫他取了綽號Biff，有「搞砸」的意思，以下音譯為畢夫）。

自從畢夫和安德去「那個」了之後，他便老是出現在我們家。

那真的對我很干擾。

他對我造成很大的干擾。

例如，那天畢夫穿著制服和防彈背心，一大早六點跑來，**幫我們把垃圾拿到外面倒！**

我說：「是怎樣？那是**我們**的垃圾，又不是**他的**！難道他沒有自己的垃圾？非得去倒別人家的？我的意思是，這傢伙也太詭異了吧？去做

自己的回收分類就好啦！」

崁多說：「呃，是啊，天哪。」然後自顧自的上緊輪軸。他很努力接話，但我看得出他並不怎麼同情我的處境。

我顯然沒把情況解釋得很好。

所以我就跟崁多說，畢夫「決定」把雙人沙發「送給」我們，因為他再也「用不到」了。我說畢夫每次洗碗就會哼歌，而安德總是跟著哼唱，雖然她向來**討厭**會哼歌的人。我跟崁多說，畢夫在牛仔褲上燙出的褶子，銳利到可以拿去東京牛排屋切壽喜燒了，更重要的是，**安德竟然對此事隻字不提**。

崁多說：「真的嗎？呃。真誇張。」

我開始覺得自己蠢了，兩人良久沒有說話。我考慮要不要提畢夫堅持每晚為我們煮飯的事——難道我們母子自己不會吃飯！外帶漢堡和薯條有錯嗎！——但我沒說。想來崁多也無法理解我的點，便決定不再繼續談此事了。我彈著舌，嘆口氣，裝做沒什麼大不了，然後說道：「反正啊，我不懂這傢伙為何那麼討厭，但他真的很煩。」

崁多放下他的滑板，「嗯，我了解那種感覺。我老媽剛開始跟艾迪約會時，我也是那種感受。我花了好幾個月才學會不嫉妒。」

我的頭快速暈眩，眼球兩秒鐘後才跟上轉速。

我說：「嫉妒？瞎毀？！你是說我在……**吃醋**？」

「是啊，但不是像男女朋友之間的那種吃醋，而是，你知道嘛，就是嫉妒。這事並不奇怪，再自然不過了。」

我最討厭別人那樣說「再自然不過」，他們絕不是那個意思，事實

上，他們要說的截然相反。只要想想，健教課總說那些內容都是「再自然不過」，就能明白了。大家從來不說「看電視再自然不過」，或「喜歡花生奶油再自然不過」，一向都是奇怪的事物、一些沒有人想承認的事，被冠上了「再自然不過」。

我沒回話。

崁多接著說：「我的意思是，你這輩子都只跟安德在一起，突然殺出一個人擠到你們兩人中間，霸占了她——還把你家當成他家，誰會不吃醋？」

答案很明顯。

「我？鬼啦！我才沒有吃醋，別逼我吐，我會吃安德和畢夫的醋？拜託好不好，被你講得好像我想整天黏在『媽咪』旁邊。事實上，我大部分時間都努力想**擺脫**她，我才不在乎畢夫是不是『霸占』她，他可以『壟斷』安德，把桌遊『大富翁』裡的高級路段通通拿去！我甚至可以送他『免費出獄卡』，如果他要跟安德廝混，一定會需要。」

我不得不停下來，用T恤擦拭臉上的汗。

「那不是我討厭他的原因，只是……我也不清楚……只是……我的意思是，哇咧！那傢伙竟然**燙**他的牛仔褲耶！這種人當然會惹毛我！我也是個人好嗎！」

崁多已經在戴頭盔了，他聳聳肩，「是啊，很抱歉，也許你說得對，我從來不必忍受艾迪這一類的毛病。艾迪嚼東西時下巴會咔咔響，除此之外，他還算OK。我是說，他讓我媽很快樂。我覺得，老爸走後，老媽經歷了那麼多，現在也該得到幸福了。」

他站起身。「好啦。你準備好了嗎？」

我滑回滑板場，崁多是我最要好的朋友，現在連他也讓我覺得煩。

我拿起那一大片被我稱為滑板的厚板子，逕自走回家去。

第四章

童工法

保護兒童，嚴限兒童工作類型與時數的規定。

我推開門，一股雞肉香撲鼻而來。

我就知道。

畢夫又在做菜了。

我踢掉鞋子，行過走廊。安德正躺在我們的「新」雙人沙發上，讀她那第四百三十三遍的《麥田捕手》。她把書扔到我們當茶几用的破電視機上，說道：「嘿，你回來晚了，你跑哪兒去啦？滑板場嗎？」

她微微笑著。

我笑不出來。

我放學後去滑板場玩，她何時微笑過了？那一句「你難道沒有功課嗎？」的訓話哪裡去了？這陣子忙到沒時間訓話啦？還是有別的要事要做？我懶得理她。

我大嘆二聲。「別跟我說，又要吃雞肉了！畢夫以為他誰呀？肯德基爺爺嗎？」

安德擠著一隻眼，嘶聲罵我：「我跟你說過了，別那樣喊人家。他的名字不叫畢夫！」

畢夫從廚房探出頭，身上穿著「親吻廚子」的圍裙，他的T恤也燙過了。

他說：「嘿！唉唷！安德！妳幹麼？妳瘋啦？」

安德猶豫了一秒鐘，我只能拚命忍笑。畢夫還不曉得事態嚴重，但我覺得他完蛋了。沒有人能在插手我們的家務事後，全身而退。沒有人能指使安德做事情，我猜她會在雞腿皮還沒烤脆之前，就把他轟走。

我退開一步，等著她發飆，可是安德並沒有，她只是抬眼看著畢夫，再度露出笑容。

笑，笑，笑！她以為她在幹什麼，競選選美小姐最佳人緣獎嗎？

「這話是什麼意思？」她笑嘻嘻的問。

「唉呀，又不是什麼事！妳想想嘛，」他說，「道奇或畢夫，妳會喜歡被叫哪個？」他用一邊嘴角，吐出一口大氣說。

安德哈哈大笑：「你說得有道理。」

「嘿，我可沒半分功勞，」他說，「那是小傢伙的點子，你這孩子真聰明。」他挑起一邊眉毛，搖頭晃腦的說：「畢夫・佛蓋爾。嗯，我

喜歡。」

他朝我揮揮小鏟，「來，小傢伙！把手洗一洗，要上菜了。」

我覺得自己輸了這一回。

整頓晚餐吃得我糟心至極，我不僅得忍受被好友指責吃飛醋；還得坐在那兒，任由安德和畢夫調查本人的好友、上課情形和我最愛的電影等等之類的東西。我必須再吃一頓畢夫的「健康」餐，甚至不能要求添菜，免得他以為我真的喜歡吃。

我囫圇吞棗的吞下食物，然後只能陪坐著等他們用完餐。（我絕不會丟下他們兩人獨處，他們若蹭起鼻子，我一定會氣死。）我開始看報紙。

安德假裝無視攤得滿桌都是的《先驅報》，繼續努力吃飯。「今天世界上有任何有趣的事嗎，西西？」

通常我的反應會是朝她的方向輕哼一聲，可是接著我瞄到某個東西。

「蛤，有啊。」我說，「事實上是有。」

我把報紙轉過去，指著「滑板世界」的一大幅廣告，「真沒想到，妳運氣真好！長滑板在打折，本周限定。妳終於能把我寫的那份陳述書的報酬給我了。」

安德半笑半嘆的說：「滑板！我真不懂你為什麼想要一個新滑板！你現在這個就很好啊。道奇——我是說，畢夫——能再給我一點可口的——」

「不，才不好！」我說，「而且那根本不是重點，妳答應過要給我

新滑板的！」

我打斷她，用不敬的語氣說話，而且還指責她不守信。安德或許不會對畢夫發飆，但她一定會罵我。我準備挨罵了。

安德只是拉直眉毛搖搖頭：「你知道那些東西製造時，含有多少有毒化學物質嗎？所有那些樹脂和纖維玻璃，實在太噁心了！老實說，滑板跟核子軍艦或休旅車一樣，每一吋都對環境有害。真的。」她對畢夫搖搖頭，「我說得對吧？」

他說：「呃，妳也許有一點誇張……」

我說：「妳看！」

她只是咯咯的笑，覺得男生腦容量小，非常呆萌。「好吧，呃，也許不像休旅車那麼糟糕，可是想到滑板主要是男性運動——」

我說：「妳在說什麼？滑板場裡面有一堆女生耶！要不然妳以為我去那兒幹什麼？那跟環境有什麼屁關係？」

安德努力擺出冷靜講理的樣子，「沒關係。我只是想說，當你把對環境的傷害，納入滑板這種具備性感本質的運動後，對滑板便會產生不同的見解。你將明白它對社會有極大的負面影響，並且應該不計一切的避開它。我要說的就這些。」

她微笑著又回去挖她的馬鈴薯泥。

我抬起下巴，像隻被栓住的看門犬一樣吠道：「妳要說的只是妳想賴帳！」

「我根本沒有那麼講。」她用袖子輕拭自己的嘴角，彷彿英國女王。「我在經過深思之後發現，去支持一個抵觸我所有信念的運動，會

令我道德難安……」

畢夫到目前為止都很安靜，他在安德的盤子上又倒了一大坨馬鈴薯泥，然後表示：「不一定耶，安德，我覺得玩滑板似乎有很多優點。那是個很棒的運動，孩子們可以到戶外去，而且……」

畢夫還搞不清狀況，邏輯是沒有用的，只會讓安德更有時間胡謅出另一個爛辯詞。

我得放大招了。

我說：「噢，我們要談道德難安是吧？我自己也有道德不安之處！妳也知道，本國立有童工法、最低薪資，並嚴格規定須有執照方能執業——妳在逼我寫那份陳述書時，完全違反這些規定！老實說，我忍不住要想，法律界可能會想聽聽妳有些工作是怎麼執行的……」

我抓起電話，「我知道他們的二十四小時客訴專線是423-1……」

畢夫說：「哇，喂，喂，別這樣，我們別做出任何可能會後悔的事。」他搶過我手中的電話，放回流理臺上。我正準備叫他別管閒事，但他的表情令我住了口，他好像在用眉毛對我傳遞加密訊息。

他轉頭面對安德說：「妳知道嗎，甜心，我特愛妳的一點，就是妳很有道德感。」

安德雖然看著他，但我知道她心裡正在對我吐舌頭。她喜歡自己都是對的。

畢夫坐下來摟住她。「不過只怕這回，道德是站在小傢伙那邊的。妳**確實**答應過他，若寫了那份陳述書，就送他滑板。我知道，因為我看了錄的影片——和那份陳述書。老實對妳說吧，我認為他這兩件事都幹得很漂亮。」

畢夫八成意識到自己話說得有些重了，便說：「這孩子很聰明，顯然像到媽媽。」這傢伙真會轉。

安德的嘴抿成直線，她並不開心，我看得出畢夫也知道，但他逕自保持微笑，用一隻大手揉著她的肩膀。

並用另一隻手拍拍報上的廣告。「我覺得$89.99這價錢很合算，還有，瞧！還有藍色、黃色和『驚人的霓虹色』之類的，我認為值得查看一下。」

安德把頭髮甩到背後，撇齒拉嘴了好幾回，以前的憤怒控管課程八成發揮功效了，否則就是畢夫的功勞。安德重重吸口氣，垂眼看著報紙，狀似真的打算考慮買滑板。

畢夫深深靠回椅子裡，對我豎起大拇指。若非怕被安德看見，我一定會露出微笑，安德必會尖聲喊罵出：「陰謀！」

畢夫重重將椅腳擺回地面，拍拍膝蓋說：「太好了！你們看滑板時，我去挖點我那聞名遐邇的蘋果奶酥來吃如何？聽起來不賴吧，小傢伙？」

我點點頭。

「太好了！妳呢，安德？」

安德沒動，只是坐在那兒，伏在桌邊看報紙，就像以前恐怖片裡的瘋狂僧侶。

「安德……？」畢夫說，「要不要來點蘋果奶酥？安德？喲呵！」

他摸摸她的臂膀。

安德把眼神從報上抬起來，眼中放著狂野的光芒。

她說：「太神奇了！簡直難以置信！」

我對未來突然閃過一絲不祥的念頭。我怎麼會這麼笨？這正是她會幹的那種事！

我說：「噢，不行，噢，妳不能那樣！**連想都別想**玩滑板！不許有媽媽玩，嚴格禁止，這太超過了。妳沒見到那些告示嗎？」

她對我揮著手臂。「玩滑板？別提滑板的事了！看看這個！」

她不發一言的把報紙**推**回給我，指著滑板世界廣告上方的一篇報導。

第五章

過失致死

無惡意或無預謀的非法殺害一個人的性命，有別於蓄意謀殺。

哈利法克斯日報

「英雄」清潔工被控過失致死

法庭記者　茱莉亞．瑞維斯

去年此時，哈利法克斯區警方還盛讚大學清潔工查克（查爾斯）．鄧柯克為英雄，如今他們卻給他別的稱呼：被告。

昨天，這位在公開場合極為害羞的四十八歲男子，正式遭到起

訴，過失殺害世界知名美國發明家，恩尼斯特・桑德森。

原本自我犧牲的溫馨故事，出現離奇的轉折。

桑德森博士的發明廣受歡迎—喝了能潔白牙齒的咖啡飲料——「潔亮咖啡」，這款飲料使他成為世界頂尖富豪之一，但他真正熱愛的卻是端不上臺面的大西洋海蝨。

事實上，這位史丹佛畢業的生物學家，正是為了這種微小的甲殼類生物，於去年來到哈利法克斯進行為期三周的短期研究。六十六歲的桑德森博士在哈利法克斯知名度日漸打開——該區交警也逐漸熟悉他——因為他常駕著古董敞篷藍寶堅尼，在春園路上疾馳。

二月四日深夜，桑德森博士在返回加州的前三天，獨自在切達布科大學實驗室裡工作，當時大樓裡除了剛來上工第二周的清潔工查克・鄧柯克外，並無他人。

鄧柯克先生才剛在三樓走廊上撒粉狀清潔劑，就聽到有人呼救。他朝聲音方向跑過去，看到桑德森博士想撲滅一小團火。鄧柯克先生為了滅火，將清潔劑朝火上撒去。

不幸的是，清潔劑爆炸了，造成火焰，冒出濃黑的煙。鄧柯克奮力穿過有毒氣體，將桑德森博士拖出實驗室。鄧柯克先生打了一一九，但緊急救護人員在七分鐘後趕到時，這位客座教授已死於窒息了。

鄧柯克先生本人因吸入濃煙而接受治療，並於翌日出院。

此一不幸消息傳出之後，鄧柯克先生被譽為英雄。國際媒體對此案雖極感興趣，但這位說話輕聲細氣的崁伯蘭郡人士，堅持不受表揚。他在與媒體唯一的通話裡，僅對桑德森家族表示致哀，並謙稱自己不是英雄——「我只是來自新斯科舍省鄉下的老實人。」

但現在，在桑德森悲痛欲絕的遺孀極力主張下，查克・鄧柯克以過失致死的罪名遭到起訴。起訴消息宣布之後，昨日在哈利法克斯法院外，引發一場憤怒的抗議示威。約有十幾位抗議人士舉著「查克・鄧柯克沒有過失致死」的牌子遊行。

「我完全同意，」起訴鄧柯克先生的皇家檢察官麥可・藍柏特表示，「查克・鄧柯克不是凶手，蓄意殺害受害者的才叫凶手，沒有人認為鄧柯克先生故意殺害桑德森博士。事實上，我們認為他真的想救博士，可惜鄧柯克先生雖用意良善，但他應該知道，不能把易爆物扔入火裡，因此我們逼不得已，只能控告他過失致死。」

過失致死的定義是「無惡意或預謀」的非法殺害一個人的性命。為了打贏這場官司，官方必須證實桑德森博士的死，是因為鄧柯克先生未能「在類似情況下，以常人該有的小心謹慎，做出行動。」

被問及證實的困難度大不大時，藍柏特先生表示：「這是個相當直截了當的案子。清潔劑的袋子上明確印有警告標示，以及國際通用的易燃與毒性符號。鄧柯克先生是受過訓練的清潔工。我們很有把握，陪審團會判定他用清潔劑滅火是一種過失，最終將判他過失致死。」

審判日期將延至鄧柯克先生能找到代表他的律師為止。

第六章 起訴書

指控一人做出犯罪行為的書面控訴。控告。

安德簡直有如置身法律天堂。一位冒險解救知名發明家的清潔工，竟被控告過失致死？我的意思是，這根本就是她的夢幻案子！具備所有她最想要的元素。富對窮、高等教育對低等教育、某個靠潔牙劑變成富豪的人士對上一位真正的英雄。

這整件事令她憤怒到幾乎抹去她臉上的笑。「**控告**一個試圖搶救別人性命的人？！太荒唐了！他們那麼做，只是因為桑德森有錢罷了！這是什麼——判生判死我說了算嗎？桑德森的遺孀以為她可以隨心所欲？這裡從中世紀後，事態真的一點都沒變！說真的，有錢人還是完全操控了法律系統！」

畢夫說，「好了，安德……」

但這只讓她越說越激動。

「不，真的！我是說真的！你能想像這件事若是角色反過來呢？假如是有錢的名人試圖解救清潔工呢？你覺得他們會告**他**過失致死嗎？啊？絕對不會！他們ＸＸＸ連想都不敢想！」

畢夫聽了有些吃驚，我不確定他僅是討厭她的用語——自從畢夫

出現後，安德一直乖乖的，不再亂罵——或並不同意她的看法。

也許跟安德一起生活這些年，我已經被洗腦了吧，我也不確定。但我忍不住覺得她的話有道理，我懷疑警方會有勇氣把一個固定上《今日娛樂》節目的知名教授戴上手銬。

我的蘋果奶酥上的冰淇淋都還沒融化，安德已經聯繫上查克・鄧柯克，並說服對方，由她來擔任他的律師了。

那大概是我幾個月來，最後一次跟她好好相處了。安德會在晚餐時匆匆趕回家待幾分鐘，叨念（嘴裡塞滿食物）我的餐桌禮儀、學校功課、不用牙線，然後又衝回辦公室處理這個案子。她這輩子從來不曾那麼快樂過。

畢夫自己有鑰匙，不在法庭輪班便會過來看看。我猜是安德要他監督我，但他從未給我那種感覺。在旁人看來，會以為他是因為喜歡到我家才來的。

等我不再特別把畢夫當執法人員後，其實覺得他人還不錯。畢夫相當擅長打牌，但牌技尚不到獨孤求敗的境界。他看電視的品味還OK，也了解看任何在線的最新節目，比觀看跟安德的案子相關的報導更重要。我甚至慢慢喜歡他的那些健康餐了，老媽頂多在我碗裡的泡麵上撒點雞精，至於雞肉大餐就甭想了。

我還蠻喜歡這傢伙的另一項特質，但我過了很久之後才意會到。畢夫並不特風趣或絕頂聰明，也不會沒事就塞一張二十元紙鈔給我，不是那類顯見的特質。

我不太清楚是什麼。

後來有一天，畢夫哼著歌，清理我理應在一個月前就該打掃的堆肥箱時，我突然想通了。

我喜歡他，大概是因為他的平凡。

安德總是對你摔門，或在你四周揮手，或放聲高笑，或拒絕讓你看見她哭。她就像我們以前住的那間公寓，屋子裡不是熱死人，就是冷到馬桶裡的水結冰，從來沒有中間地帶。直到安德跑去租務委員會舉發房東，他們逼房東裝新的恆溫器後，才有改善。

畢夫就像人類恆溫器，他會維持良好平和的狀態，不至緊繃到凡事亂發脾氣。畢夫只會說：「你的房間看來該清了，小傢伙。」然後我看看房間，心想，是啊，你好像說的沒錯。他會說：「在蘆筍上擠點檸檬試試看，你一定會喜歡。」然後我就試一試，果然很喜歡。他甚至說服我，認為先做完功課再看電視，很有道理。我不知道他是如何辦到的，我不記得他確切提過此事，但他就是有種讓人想把事情做好的本領，那顯然是種思想控制，但我覺得無所謂，他對安德也是那樣。

安德還是會叨念我用牙線、學校課業之類的事，但我幾乎可以聽到她叨念下的笑聲。她仍會擔心世間所有的不公不義，但她不會再因此毀掉一頓飯。她甚至看起來有些不同，我的意思是，絕對不會有人把安德當成賢妻良母，但至少別人不再將她誤認為搖滾樂手。

感覺就像有了真正的家。自從畢夫出現後，我才能真正只穿件T恤，安心的四處走動——如果你明白我意思的話。我不必擔心會被烤成薯條或被凍斃，我終於可以活在溫帶區了。

後來有天晚上，大夥在家閒晃，畢夫和我坐在他的雙人沙發上，分享特大號的鐵路工披薩（這是他唯一能忍受的外帶食物），一起看電視。我剛剛跟他打了五塊錢的賭，賭那個來自奧里利亞（Orllia，加拿大安大略省城市）的魚眼美髮師會被趕出小島，這時新聞跑馬燈出現了。

當時我並不知道，天氣就要變了。

第七章

藐視法庭

在法庭內外，做出違反法庭秩序，或干擾、漠視法庭之舉。

新聞快報

傑夫・里奧納報導

傑夫：各位觀眾朋友，晚安！剛接獲消息：經過三個星期爭論不休的法庭辯論後，英雄清潔工的庭審……結束了。由五男七女組成的陪審團為了清潔員查克・鄧柯克的命運，商議了六日之久。他們要面對的問題是：這位單純而見義勇為的好心人，是否該為了搶救潔亮咖啡的發明者，恩尼斯特・桑德森博士，因魯莽出手而獲判過失致死

罪？以下由伊娃・傑克遜在法庭階梯上，為我們進行法庭判決及現場狀況的即時播報！伊娃！

伊娃：傑夫。

傑夫：請告訴我們，查克・鄧柯克是否無罪——或者案情殘酷的急轉而下，陪審團將整件悲劇歸罪於這位清潔工身上？

伊娃：傑夫，就在剛才，陪審團對查克・鄧柯克做了優良認證，宣布他「無罪」！

傑夫：鄧柯克先生對於能「澈底掃除」指控，一定覺得如釋重負。妳能描述一下宣判時，法庭上的情形嗎？

伊娃：現場十分「沸騰」，在這場萬眾矚目的審判過程中，法官奧古斯圖・禮查森三世竭其所能的使審案過程，不至變成一場媒體的鬧劇。他禁止在法庭上拍攝，數度對不守分際的觀審者發出庭諭，斥其藐視法庭，並盡力維護鄧柯克先生的隱私——靦腆而教育程度不高的鄧柯克先生，是這次審判的主角。

可是在宣判被告「無罪」時，法官再怎麼懇請，也無法抑制法庭上爆發的騷動。查克・鄧柯克的律師，向來敢說敢衝的安德・麥克恩泰，從背後撲抱她的客戶，發出勝利的哭叫聲，她像贏了球賽的四分衛一樣，對空中揮拳。

法庭另一側，桑德森年輕美麗的遺孀，前美國選美小姐莎諾黛・布維克・桑德森則放聲痛哭，雖然如此痛哭，會哭花她精心打理的妝容。

傑夫：這很不像她的作風，可見她一定非常難過。她現在還好嗎？

伊娃：是的，她花了一些時間補染睫毛膏，此刻她就在我身邊。

莎諾黛，謝謝妳在繁忙中撥冗接受CJCH新聞獲獎小組的採訪。

莎諾黛：不客氣。

伊娃：首先，大家都很想知道，妳穿的是誰設計的衣服？

莎諾黛：我的衣服嗎？……噢，呃，凡賽斯的套裝（Versace，知名義大利服裝設計師），古馳的外套（Gucci），瑪諾洛的鞋（Manolo，西班牙鞋履設計師）。

伊娃：包包呢？

莎諾黛：這個嗎？這只是一個舊的強強滾去汙粉袋。

伊娃：不，我是指妳的皮包。

莎諾黛：噢，對不起。是凱特絲貝（Kate Spade）。

伊娃：這身打扮真好看，而且很恰當。深灰色的套裝很適合「寡婦」的身分，又不失時髦，非常恰到好處。說到守寡，身為死者的第四任夫人，妳對判決有何感想？

莎諾黛：難過極了。就我看來，查克•鄧柯克擺脫了謀殺的罪名。

伊娃：妳的意思是指過失致死吧。

莎諾黛：謀殺，過失致死，管他的，反正啊，恩尼已經死了——都是查克•鄧柯克的錯！消防人員說，實驗室的火本來很小，直到那個所謂的英雄跑出來試圖「拯救」恩尼。他到底是在想什麼？我的意思是，你看看，這些特大的字母都寫些什麼？

伊娃：喬治，你能幫我們把焦點挪到袋子上嗎？各位觀眾，袋子上說：「強強滾去汙粉。危險。請勿放在火源或熱源附近。易燃、可燃，遇熱毒性極強。吸入可能致死。」

莎諾黛：就是！這並不難懂吧？連像我這種波大無腦的人都能立刻明白，可是鄧柯克先生幹什麼去了？他有告訴自己：『天啊，也許我該找個滅火器或弄條水管或找杯水來之類的，把這個火苗給滅了』嗎？沒有，他竟然把毒粉撒到火上！**碰**！哪有這樣救人的！」

伊娃：妳對這件事顯然很生氣。

莎諾黛：是啊，怎能不氣？我**氣死了**。但你知道是什麼比恩尼的死更讓我火大嗎？

伊娃：妳哭泣後造成的滿臉細紋嗎？

莎諾黛：不是……

伊娃：噢，對不起。更令妳生氣的是什麼？

莎諾黛：查克・鄧柯克幹了好事，害死我老公，結果現在每個人卻說他是英雄！哼，恩尼也是英雄，他對世界貢獻如此巨大——為我，為其他不幸的人，為……

伊娃：好了，沒事，莎諾黛，別哭了。誰能代我照顧一下她嗎？謝謝……傑夫。我認為莎諾黛說得很有道理，對任何不敢露齒而笑的人而言，恩尼斯特・桑德森的確是位英雄。我們有許多人，包括我自己在內，不僅是個人的幸福，連我們的職業生涯，都受惠於潔亮咖啡。桑德森博士的死，對於要靠微笑過活的產業人士，例如我們這些新聞播報從業人員，實在是一大損失。

傑夫：伊娃，我認為也得提到一點，桑德森博士的去世對海蝨相關產業亦是鉅大損失。我們不能忘記這一點。

伊娃：是的，絕不能忘記，傑夫。趁現在莎諾黛收拾心情時，我

先過來與查克・鄧柯克的律師，安德・麥克恩泰談幾句話。安德・我猜妳對審判有很不同的感受，妳對判決做何感想？

安德：我想最好的總結方式，就是我在法庭上所說的：喲——呵！

伊娃：唉呀。各位觀眾，真是不好意思。所以，安德，妳能告訴我們，查克對判決的反應嗎？他在法庭上並沒有那麼……呃……「喧鬧」。

安德：是的，查克非常單純，他當然很開心，可是現在他希望能回歸日常。妳知道的，就是擦洗、除塵，照顧他家人之類的事。

伊娃：妳對審判的感想呢？陪審團花了近乎一星期才做出判決，當時妳會擔心得到相反的判決嗎？

安德：當然擔心了——我擔心這整個世道！哇哩咧！這位先

生……一、自願加班，二、冒著自己的生命危險，去救一位從未見過的陌生人，三、婉拒所有對他的讚譽，因為他認為自己不配如此——結果陪審團還花六天的時間，才能決定他**沒有罪**？！我的意思是，這個世界是**他媽的**怎麼啦？他們應該兩分鐘就把檢察官的案子扔掉，頒個獎牌給查克了！陪審團是在裡頭幹啥，玩桌遊嗎？開睡衣派對？還是在潤稿？他們肯定沒有一直思索這件案子！

伊娃：妳的客戶在庭審辯護時，並未到證人席上，他避開與媒體所有的接觸，拒絕受訪、拍照，不肯將他的生活拍成電視電影。現在既然已經還他清白了，他有沒有可能同意接受CJCH獲獎新聞小組的採訪？甚至拍個照。我們會很樂意多了解他。

安德：絕無可能，那不是查克的作風。不過我倒是願意配合

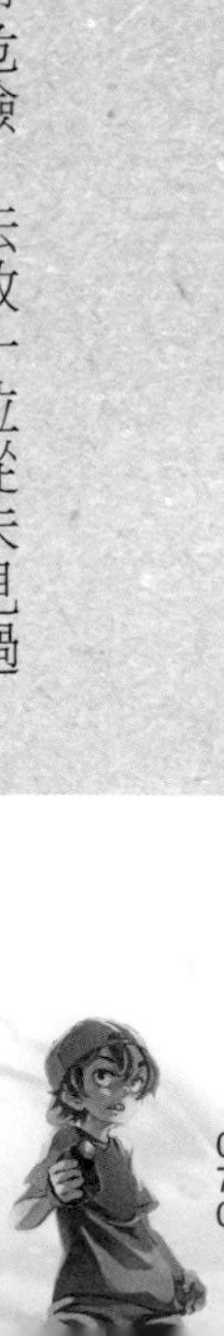

CJCH，做關於本案或任何其他法律事務的訪問。

伊娃：是的，啊，呃，謝謝妳。現在把鏡頭還回給CJCH新聞快報播報臺，傑夫……

安德：等一下！這邊，攝影師！喬治！不管你叫什麼名字！謝謝。對不起，我是不是又上鏡頭了？好的。我能再多說一件事嗎？

伊娃：噢，啊，當然，可以吧。

安德：嗨，西羅！嗨，甜心寶貝！吻你唷！那是我兒子，西羅・麥克恩泰。

第八章

惡意控告

刻意並惡意的，在無正當理由下，對個人採取法律手段。

查克・鄧柯克的大鬍子沾滿細碎的馬鈴薯泥。我知道缺牙的人，很難含得住嘴裡的食物，但我覺得他連試都懶得試。我的意思是，這傢伙簡直像噴氣除雪機。

我幾乎無法去看他，他的模樣會讓我做好幾個星期的惡夢。

可惜，我非看他不可，而且得非常客氣有禮，因為那是我計畫的一部分。

或者應該說是**我們**的計畫。

這頓晚餐其實是畢夫的點子，他說服我，我們若能做點什麼，幫安德慶功，說不定她心情大好，最後就會出門幫我買她欠我的長滑板了。畢夫甚至答應要親自跟她說。

我要畢夫發誓，當晚等每個人回家後，就要開口。你得搶時間，趁安德心情好的時候要求。一般而言，她的好心情維持的時間比打噴嚏還短。

我煮飯、清掃、削果皮，搞了三個鐘頭，全都是為了準備最後能見到這位聞名遐邇的查克・鄧柯克。我不能讓一點都沒有嚼到的馬鈴薯渣，橫阻在我和新滑板之間。我得客客氣氣的才行。

大夥全擠在小小的餐桌邊，畢夫和我把餐桌拖到客廳，讓每個人都有地方坐。雅圖拉・梵瑪，安德的事務所合夥人，跟查克坐在雙人座的貴賓席上。剩下的人各自坐在廚房餐椅上，桌面還有足夠的空間擺一隻手肘。我只能說，幸好畢夫大部分時間都待在廚房裡。

我抬起眼，笑得像個模範兒子。我還是很不習慣這個叫查克的傢伙，他跟我想像的差超多，我在報上或電視上，唯一看到他的一次，查克用手摀住了自己的臉。記者老說他非常害羞，他們用「羞怯」、「低調靦腆」、「謙遜」等字形容他。這麼說雖然有點蠢，但我以為他應該更矮小些，我的意思是，害羞是形容小孩、小老鼠用的，而不是麋鹿。

查克並不矮小，他跟畢夫一樣高，但就像我們地理老師說的：「更加廣袤。」老實告訴你，他看起來有點像聖誕老人的弟弟——有犯罪案底的那個。他有個抖動的大肚腩和大把鬍子，但你可以從查克臉上看出，他的生活並不像他北極的老哥那般輕鬆。他沒有門牙，碩大的鼻子

軟趴趴的，還有兩泡眼袋——真的不開玩笑——看起來就像我花了一下午填塞的生雞胸肉。

對一個害羞的人而言，他的話算挺多。有人問起他的身家背景，他便鉅細靡遺的交待童年在新斯科舍省鄉下的往事，只差沒提他多久才換一次他的熊皮內衣了。聽他說話無聊至極，但無所謂，我一逕保持微笑，人家是英雄呢，安德打贏了她職涯中最大的一個案子，我就要得到新滑板了，幹麼不笑？

雅圖拉似乎不介意查克占去他們理應共享的百分之九十二的雙人座空間。她問查克，現在審判結束了，他有什麼打算。那令我想到，我打算星期六早上就先去滑板世界，我在聽到他的回答前心思已然飄遠。為了敲定這件事情，我用最乖巧最值得讚許的樣子望著安德。

我差點笑出聲，安德的頭髮上有好多馬鈴薯屑，看起來像在演自己的聖誕特別節目。不過她顯然對這場「暴雪」絲毫不以為意。她臉上的表情，是大部分人會留給求婚或贏到樂透時用的。安德雙眼發亮，整個人興奮到搖頭晃腦，彷彿整個頭就要從脖子上發射出去。她拍著桌子說：「當然，查克！太棒了！**我**之前為什麼沒想到呢？我們要讓折磨你的警方付出代價！」

查克做出羞怯尷尬的表情說：「呃，我不清楚這樣是不是灰常棒啦，安德，我有可能錯了，嗯？我是沒受過教育的粗人，但我相信，我們可以打贏這場惡意控告的案子。」

他舔舔自己的中指，把眼鏡推回鼻樑上，露出燦爛的笑容。太神奇了，我可以一眼看到他喉頭底處的小舌，我要是有手電筒，一定能告訴

你，他早餐吃了什麼。

雅圖拉開始擺弄著平日穿戴的圍巾，我知道她不太喜歡查克剛才說的話。

「查克，我能提個意見嗎？告警方惡意控告，這點子雖然很有意思，但這種案子最難辦，你必須能證實警方無憑無據，便控告你過失致死——也就是說，他們只因為你沒有長得慈眉善目，就起訴你。」

她嘟起嘴，聳聳肩說：「我看不出你要如何證實那點，法庭上已經確認清潔劑上有適當的警告標示了，是你親自扔進火裡的，這也是造成可憐的桑德森博士的唯一死因。幸好你這位極具才華的律師說服了陪審團，你在緊急狀況下犯了錯——一個任何人都可能犯的錯——結果判你無罪。親愛的，我覺得好運是有限的，我會見好就收。」

安德聽罷哈哈大笑，「是啊——可是妳知道嗎？我會想窮追猛打！」她嘴角冒著瘋犬般的白沫，顯然不會被官司勝敗這種小事嚇退。

「我的意思是，嘿，我們有啥好損失的？」

雅圖拉用湯匙從她的水杯裡撈出一些碎渣，「嗯，會損失很多時間是其一，這種案子可能會在法庭上拖好幾年，誰來支付費用？」

安德搖轉著頭，一副「沒什麼大不了」的樣子。「我會用勝訴分成的方式來接案。」她說。

雅圖拉用鼻子吸口長氣，嘴脣擠出笑容，她並不喜歡那個點子，但安德假裝沒注意到。快出事了，我好緊張。

「好——吧。」我說，「我有兩個問題。勝訴分成，一、那是什麼意思？二、那樣算合法嗎？」

安德哈哈笑說：「噢，西羅！當然合法，那只表示查克在我處理這個案子時，不必支付我任何費用，等我們打贏之後，再從法院給他的錢中，扣除我的部分就好了。」

「假如妳打贏。」雅圖拉說：「如果妳輸了，自然一毛錢都收不到，妳在處理這件案子時，不會有空打理那些付費的客戶。」

安德張嘴想反駁，卻被端著一大盤南瓜起司蛋糕走進來的畢夫打斷。

「不好意思花了這麼久時間，各位。」他說，「脫模的時候出了點問題。」

雅圖拉大力讚美蛋糕看起來有多麼可口，她沒有說謊，但我猜她談論蛋糕，是因為不想跟安德起爭執。

我無所謂，反正這頓晚餐的重點，是讓安德保持好心情，買滑板。

幸運的是，吃點甜食，通常會讓安德暫時拋下更重要的事項。安德吃了一口，發出呻吟，大讚蛋糕好吃。查克講了個冷雙關語，說我們終於吃到「正義的甜點了。」（譯注：原文 just desserts，雙關語，直譯為「正義的甜點」，亦有「自作自受」的意思）他重複了好幾次，我們才明白他在講什麼。我也發出嗯哼的讚賞聲，並對畢夫微笑。

我以為他會對我燦然一笑，但畢夫甚至沒注意到我。他正看著查克。

僅看了半秒鐘——甚至不到，只有四分之一秒吧！——但我看出有異狀。

我看到查克和畢夫之間有事，是一種眼神，或只是一種感覺，我也

說不上來。事情來得如此之快，我無法描述，那東西轉瞬即逝，就像魚缸裡的孔雀魚或你獨自在家時看到的影子。如果他們在笑，我會覺得那是只有他們才懂的玩笑，但兩個人都沒笑。

我總覺得，無論他們之間傳達了什麼，都不是好玩的事，而且也不是任何人該看到的東西。

我看著畢夫，然後收緊下巴皺起臉，像在質問：「剛才是怎麼一回事？」但我的反應太遲了。這時畢夫待我又跟平時一樣了，他朝我擠擠眼，揉揉我的頭髮說：「嘿，小傢伙，你也有功勞！是你幫忙搗碎消化餅乾的，不是我。起司蛋糕好不好吃就得看餅底。我說得對吧，各位？新手做到這樣很不賴，嗯？」

他用手肘推推雅圖拉，幫安德又切了一片蛋糕，一副什麼事都沒發生的樣子，我本來大概也會那樣想，除了有件事。

接下來整個用餐時間，畢夫都沒再去看查克一眼。

一次都沒有。

其實也不能怪畢夫，查克把馬鈴薯吃得滿天飛，起司蛋糕更是吃得一片狼藉。（譯注：「他張大嘴巴，滿嘴逆流的食物便朝可憐的受害者，噴出橘色的輻射殘渣。『接招吧，你這敗類！』他吼道。」——電玩《大比利》的遊戲內容。）

看起來相當噁心，但我不相信畢夫會在意。他不像那種會為黃色鼻屎這種小事而大驚小怪的人。這傢伙有副鐵胃，我是說，他去清堆肥桶時，連乾嘔都不會。（我不知道他是怎麼辦到的，老實說，那個桶子就像便壺跟命案現場的結合體。）

而且還有另一件事，畢夫每周在法庭輪五次班，他一定看過比查克的餐桌禮儀更慘烈的事，例如……反正你相信我就對了。會站到法官面前的人，並非每個都是身穿名牌衣服，被控嗑藥的電影明星。當然會有富人啦，但也有窮光蛋、高矮不一、無家可歸的人、瘋子、三教九流的人。我嚴重懷疑畢夫每天在法庭上需要對付的人，每個都有滿口牙齒，並知道如何使用牙齒。

除非我真的錯看畢夫，否則一定有某種暗流。

我來來回回看著畢夫和查克，又把事情仔細想過一遍，這時安德問我，從學校借來的攝影機是否還在。她想拍下我們的小慶功宴，查克和雅圖拉都很不想拍照，但礙於安德的苦苦糾纏，沒有辦法。吃人的嘴軟，大概很難拒絕吧。

我透過取景框看著，這時我想通了。

查克還在嘰哩呱啦的胡扯，安德笑咪咪的坐在那兒，邊擦拭邊望著他，彷彿查克是地球上最迷人的男人。她朝他眨著睫毛，也許只是想眨掉被他噴得滿臉的餅乾屑，但看起來狀似調情。我這才明白過來。我想到那天崁多在滑板場說的話。

沒錯！太明顯了。

查克「獨占」了安德，就是這麼回事。

畢夫在嫉妒查克！

我得咬住嘴唇才不至於笑出聲，這些大人太奇怪了。

查克沒有門牙，長得像土狼，鬍子長到換成在其他地方，也一定會被當成路殺（Roadkill，指野生動物在路上被車輛撞擊死亡）的動物。

這傢伙也許是英雄，但實在長得不稱頭。膚淺的安德，絕對不會喜歡長成那樣的人，無論他試圖搶救多少人的性命。

我等不及想拿這件事嘲弄畢夫了，他一定會很尷尬，保證超好笑。

畢夫正在穿外套，準備開車送查克和雅圖拉回家，我說：「啊，畢夫。等你回來後，我有件事想跟你談一談。」我裝出嚴肅的表情，但嘴角老想往上翹。

他說：「你能等等嗎，小傢伙？我待會兒也有事想跟你媽媽談一談。」他揚起眉毛，然後笑了笑。

我簡直無法相信，我一心想嘲笑畢夫，差點忘記長滑板的事了。

（優先順序啊，西羅！優先順序！）

「好，沒問題。」我說，「沒什麼大事，我們可以明天再談。我去把碗盤洗好，將流理臺擦乾淨，用牙線清牙齒，然後直接上床睡覺。」

要是在朋友面前表現得如此溫馴，我一定尷尬死，可是朋友們不在這裡，而且我不在乎，我離天堂如此之近。我想像自己帶著新滑板到滑板場，女生們紛紛轉身仔細去看。其中一人——說不定是瑪莉・梅德莉・麥伊薩克——說出類似這樣的話：「嘿，西羅！好漂亮的板子，在哪兒買的？」那我就算得到入場券了。我們會聊聊天，我講幾個笑話，她哈哈笑，然後把一頭黑髮往後甩，簡直棒透了，我的人生終於要開始了。

畢夫離開，關上身後的門之前，我幾乎已將桌子清理乾淨了。

第二天我跳下床時，安德已經起床，站在水槽邊等水壺燒開水了。

我不想咄咄逼人，追問她滑板的事，特別是她還沒喝咖啡。我覺得從畢夫口裡探到好消息較為保險。

我在自己的牛奶中倒了些穀片，吃了一大口早餐，說道：「呃，那個，畢夫今天什麼時候會來？」

安德連頭都沒轉過來看我，只是吐了口煙說：「誰是畢夫？」

第九章

補償金

受傷或損失後獲得的「賠償金」，通常從保險公司取得。

「我得讓畢夫和安德復合。」

崁多跳下滑板看著我，他搔著頸子。崁多向來只聽到我抱怨畢夫，這會兒我竟然急著要畢夫回來。崁多一定覺得我瘋了，可是他頂多若有所思的搔搔脖子，不會多說。

崁多只表示：「哦，是嗎？他們分手啦？怎麼回事？」

我想到安德站在水槽邊，眼周漸漸浮起紅色的斑塊，就像有人把一

包櫻桃口味的飲料粉，倒進一壺牛奶裡。我想到她下巴發顫，嘴唇繃緊，還有不到早上八點鐘，就已抽剩一大堆皺巴巴的菸屁股。

我想到崁多說他喜歡艾迪，因為艾迪帶給他母親快樂。我明白以前自己對畢夫有多惡劣，我是白痴才去排斥他，即使安德在我整個成長期間，都沒交過別的男友。倒不是沒有男人對安德心動——連我都看得出有人喜歡她——但安德不想讓我歷經那種「一個月老爹」的過程。若無法確定關係能走下去，她不希望我對人產生依戀。十五年來，她安安分分的當我的母親，後來有個男人出現了——一個完美的好人——而我竟然連「太好了，妳好好享受」都說不出口。

「我不清楚，」我說，「我不知道究竟發生什麼事。」

其實我知道，或至少覺得我知道。安德不肯告訴我那天早上發生什麼事，但我相當確定跟那個愚蠢的長滑板有關。

我覺得好像吃了爛掉的食物，這全得怪我。

我**早知道**安德痛恨別人干涉我們家的事，我知道她會多麼生氣，會變得多麼不講理，瘋了似的在小事上鑽牛角尖，怎麼也放不下。結果我不管不顧，還硬要畢夫發誓，會叫安德幫我買那個板子。

我是這麼說的：「還有，別空手回來，我是說真的，畢夫！」

我只是在開玩笑——算是吧。當我說，除非他答應幫我弄到滑板，否則我絕不幫他做飯時，也只是在開玩笑，但大家都知道，很多玩笑話都不是說著玩的。畢夫知道我在告訴他，我想要那個板子，而且馬上就要。

誰會在乎那個臭板子？誰會在乎安德欠我那個板子？誰管她是否不

守信用？我的意思是，這又不是她第一次翻臉不認。

有什麼大不了！

仔細一想，那份愚蠢的陳述書讓我獲得了豐厚的報酬。我必須待在家裡一晚——一個晚上——工作兩三個小時，讓安德能在十五年來，第一次真的跟男生出去。瞧瞧我得到了什麼：安德是多麼的快樂。她不再事事叨念，幾乎不再飆國罵，她戒了菸，時時歡聲大笑。她的黑眼線不再畫那麼濃，公寓變得好乾淨，桌上也都有食物。

我還想要求什麼？

這是我這輩子第一次幾乎過得跟正常人一樣。我渴望正常生活的心情，大過想要一個新滑板。

崁多說：「也許沒什麼事，我媽和艾迪也曾經分手過一次，他們不會有事的，我敢打賭，他們已經又復合了。」

崁多說得輕鬆，他不像我那麼了解安德，沒聽到她那天早上的話。我是說，我一開始以為，她那句「誰是畢夫？」是在開玩笑。

我回說：「呃……畢夫‧佛蓋爾，妳知道的嘛，就妳男朋友，妳這輩子的真愛……」安德立即轉身，彷彿我剛才說的是：該讓有錢人來統治世界。她喘著氣，對我露出下排牙齒，安德的邪惡雙胞姊妹彷彿又回來了。她說：「永遠別再跟我提那個名字。」

我立刻明白這不是開玩笑，她是認真的。安德用手背抹抹嘴，然後說：「他走了，離開這裡了。走得好！相信我，少了那個ＸＸＸ的男人，咱們會過得更好。」她努力擠出笑容，卻擠不出來，活像殭屍在笑，超恐怖的，感覺好像會痛。

我說：「少來了！妳到底在講什麼？沒有畢夫會過得比較好？才不會！我們需要畢夫！誰來煮飯，誰來……」

我閉上嘴，我想找出辦法說服安德，讓她說出：「噢，沒錯，對不起。我到底在想啥呢？我現在就去求畢夫回來。」

可是我只想得到那次忘記帶作業到學校，茱莉安・卡爾森走進教室說：「西羅，有人在前廳找你，我想是你爸爸。」我什麼都沒告訴她，只說：「噢，謝謝。」然後像穿了新的Nike球鞋似的蹦過走廊。

我不至於笨到跟安德提那些事，尤其是當她用那種眼神看著我，安德就像Discovery頻道裡的土狼，而我是腐爛得剛剛好的野獸屍體，她會攻擊的。安德不會真的把四肢從我身上扯下來，但感覺應該差不多是那樣吧。

安德說：「你覺得他是大好人？是嗎？哼，那去告訴他呀！你根本不懂，你什麼都不懂，西羅！你以為他是王牌騎警（Dudley Do-right，譯注：卡通人物，一位加拿大騎兵），高大強壯，幫助弱小？告訴你個消息，小鬼，你料錯了，那都是裝出來的，事實上他——」

安德閉上嘴，站在那兒瞪著我粗喘，她咬著嘴唇，腦中轉著思緒。我把皮繃緊，等候接下來的大爆發，但她沒有發飆，只是猛然仰頭，像要甩掉臉上極其討厭的蒼蠅，然後再次對我轉身。安德的聲音平靜多了，但語氣一樣憤然。「忘掉他吧。」安德說，「忘掉你曾經遇見那個X#$%@@○※XX。我們會好好的，比好好的還要更好！我們會過得超級好。」她吱吱有聲的用力吸菸。

崁多說錯了。安德和畢夫絕對不會破鏡重圓了，我相當篤定。

我聳聳肩，「嗯，妳可能是對的。」我說，「要不要去打保齡球？」

第十章

推論無效

字面之意為「不連貫」，引申為不合邏輯的陳述。

如果生活僅是恢復成畢夫出現前的常態，或許我還能忍受。外帶食物沒有那麼糟糕，在畢夫開始打掃公寓之前，我從不在乎家裡凌亂。安德向來不按牌理出牌，但至少以前——以前只有我們兩個人時——她偶爾還挺搞笑的。她仍會哈哈大笑的嘲弄一些事物，幹一些蠢不可及又不負責任的事，然後說：「誰他媽的在乎呀？咱們玩得很開心，不是嗎？」其他孩子的爸媽可不會那麼做，至少這是老媽有青少年犯罪前科的唯一好處。

不過生活並未回歸舊日的模樣，安德嘴上越強調：「忘了畢夫

吧！」就似乎越難辦到。她超級刻意的，不去坐畢夫送我們的雙人沙發，好似如此便能讓畢夫人間蒸發，結果適得其反。放著好好的雙人沙發空在那兒，偏要在破舊滲漏的二手懶骨頭椅上裝舒服，只是更加證明，我們永遠過不了正常日子而已。每次我們稍有進展，便半途而廢，做出澈底砸鍋的事，而完全露出真面目來。

真是「何苦來哉」？我們沒戲唱了。

我不知道自己還能忍多久，我得設法把畢夫弄回來。這段期間，我盡量低垂著頭，努力躲避安德。我不想做出任何惹她生氣的事。為什麼別人的媽媽難過時會哭，而安德難過時卻亂發脾氣？她無時無刻不碎念我的功課、罵我在滑板場鬼混、盯著我分擔家事。

我所「分擔」的家事。

最好是啦。

明明就是百分之一百一十四的家事。

安德再也不碰任何事了，至少不沾公寓裡的事。她會在七點左右下班，拎幾個油膩膩的外帶包回來，把她的東西扔在走廊上，然後又開始研究那個愚蠢的惡意控告案。最糟糕的是，她通常會帶查克一起來。

我理應在她身後跟著收拾，洗衣服、洗碗、倒垃圾，無論她的小心臟、小肚子或發黑的小肺臟需要什麼，我就四處去張羅。我不介意偶爾跑一趟法律圖書館——至少我已經很習慣了。我幫她跑圖書館不是一年兩年的事了，但我發誓，如果再叫我去陶朗尼小店幫查克買「昏達汽水」，我一定會尖叫。我的意思是，要喝芬達自己去買！我是他的僕人或什麼嗎？對於一個來自新科斯舍省鄉下的「老實」人，他倒是很快就

學會操控這個世界。

我去小店途中，一路踹著電線桿，不敢相信自己怎會落到這步田地！我竟然把一位幫忙煮飯打掃、照顧我們的善良正常男人擠走，請來一尊把我當幫傭小精靈使喚的懶漢。真是夠了！我又不欠查克‧鄧柯克任何人情，他從來沒試圖救過**我的**命。

我很想對他嗆點什麼，卻無法開口，安德一定會抓狂。她現在滿腦子只想打贏那場愚不可及的官司。安德不斷說：「你等著瞧！到時候就會明白了，西羅，這場官司會贏好幾百萬！我們一定會贏，到時我們就再也不必擔心錢的事了。我會在北區買棟漂亮的小房子，也許我們會去旅行，買新電視，一臺電腦，再吃一輪奶昔——想做啥就做啥，想吃啥就吃啥，什麼都可以！我甚至會幫你買那個無聊的長滑板，因為你似乎

爭辯，好像他比安德更懂法律。我不明白安德幹麼忍受他的垃圾話。

我非逃開不可。

我推開擋路的垃圾桶，走到停車場。我聽到一個聲音——一記嘎吱聲，彷彿有人踩到廉價玩具或小雞或之類的東西，我猛的跳起來。其實我的膽子沒那麼小，只是你很難預料我們家公寓後邊會發生什麼事，所以一聽到聲音，自然會跳起來，連很強悍的男生都不能免俗。我很快轉過頭，及時看到有條腿從大樓邊側抽離。

當時光線頗暗，僅瞥見一秒鐘，但無所謂，我知道那是畢夫了。我的確看到他牛仔褲上的褶痕，聞出他身上的古龍水。

我沒有多想，也不覺得可怕，反而十分開心。我的意思是，畢夫回來了！

我開始思忖，機會來了，我可以跟他談一談，訴之以理，解決這件事情。

我奔過大樓前方，想追上他。我喊道：「嘿，畢夫！」他已經過了街，鑽進小路離我而去了。我再次高喊：「畢夫！」然後追了上去。

我喊了他三次，等我抓住他的臂膀，畢夫才終於轉過身。

他裝出訝異的樣子說：「噢，嘿，小傢伙。怎麼啦？」

我說：「我怎麼了？！你才怎麼了？我看到你在公寓後頭，我一直喊你，你幹麼都不回答？」

他說：「在你們公寓後？沒有啊。」他皺著眉，「奇怪，那不是我，我沒理由跑到你們公寓後頭，我只是到這附近來……呃……發……呃，發傳票的。」他甚至不肯看我的臉。畢夫斜眼望著街上的路標，

「我應該要知道的——可是從這邊到葛瑞斯巷怎麼走？」

我愣站著，定定瞅了他一會兒。這傢伙在對我撒謊，我知道的。剛才那百分之兩百是他的腿，這裡沒有人會燙牛仔褲穿，也沒有人會噴那麼多古龍水，除非把街上那位滿頭蓬鬆波浪頭髮，拄著改良式助行器的老太婆也算進去，但我懷疑她用的香水跟畢夫同一個牌子。

我不知該說什麼，我根本不想指責畢夫，不希望我們之間變得更尷尬。

最後我只說：「下一條街左轉，街角有一間老修車行，你知道的，就是**葛瑞斯**修車行，以前你從法院回來，每天都會經過……」

「噢，是啊，沒錯，當然！真不知道我在想什麼。謝謝啦。」他說著點點頭，走了幾步，我以為他要離開了——或許他也那麼認為——但

接著他轉過身，用手搭住我的肩膀。

他看起來憔悴死了，眼下兩坨黑眼圈，鬍子不知多久沒刮了，連向來一絲不苟的頭髮都一團亂。他只須穿上格紋睡衣，在頭部四周上畫幾條表示煩躁的卡通線，看起來就完全像

安眠藥廣告裡「服用」前的樣子了。這令我想到，這次的分手對他來說，跟我們一樣難熬。

畢夫說：「你有好好照顧自己嗎，小傢伙？你媽媽還好嗎？」

這是說出心裡話的大好機會，可是我卻不知如何是好。我該告訴他，家裡完全失控嗎？說我好幾個星期沒吃蔬菜？洗衣籃裡已經開始發霉了？

說安德真的非常非常傷心？

我該請他到家裡？有空過來看看嗎？那樣會使事態變得更糟糕嗎？

我是否該求他回來，修復一切？

或者我應該撒手不管？

我不清楚怎樣才有用，也沒有神奇的招數去對付安德。誰會有啊？

我唯一能想到，可能對她有用的辦法，就是麻醉槍，但我懷疑其合法性。

我好想一把抓住畢夫，將他拖回公寓說：「好啦，你們兩個，能不能像大人一樣？我們難道不能恢復以前正常人的日子嗎？那樣要求會很超過嗎？」

但我卻說：「嗯，沒問題。我們過得還行。」

他點點頭：「很好，很高興聽見你們過得好。回頭見，小傢伙。」

他是那麼說的，我真的希望他說的是真心話。

第十二章

遊蕩

無特殊或合法目標，在公共場所或營業地區滯留不去。某些轄區有不得遊蕩的規定，警察可逮捕拒絕「離開」的人。

我可以發誓我第二天晚上也看到畢夫了，我說服崁多陪我去圖書館。由於家中一堆鳥事，害我學校課業嚴重落後。卡瓦娜老師兩星期前指定了一份新的錄影作業，我連八字都還沒寫半撇。我得想出拍攝的點子——現在立刻馬上——否則就完蛋了。

我們剛離開公寓，走了半條街，便發現自己忘記帶一本要還的書

了。我敲敲腦袋，轉身回家拿書。

我看到某個東西，雖然只有眼角瞄到，但分明看見了。我瞥見有個身影一閃，快速衝回黑暗中。我想看清楚是誰，便伸長脖子，想看清街上的情況，但已經來不及了。畢夫——如果是畢夫的話——已經跑掉了。我可能又聞到他的古龍水了，或者只是出於想像。

這件事嚇著我了，我問：「你剛才有沒有瞧見？」

崁多說：「什麼？」

我說：「那個呀！有人剛剛從街上溜走！」

我拉著崁多來到我們家大樓一側指著。

但什麼都沒有。

那裡沒有人，沒有任何動靜，除了我們的呼吸聲，也沒別的聲音，就像一張空蕩蕩的街景照。崁多挑起眉，望著我。「你在開玩笑嗎？」

「不是，我剛才明明看到有東西！真的！」我本想說我看到畢夫，但不確定是他，就算是，我也不想跟崁多談那件事。萬一不是畢夫，我不想因此出賣他，而且也不希望——這話聽起來很驢——把事情弄得好像因為畢夫不在，我就很傷心難過。他又不是我老爸，他只是某個男人罷了。

某個真正能讓我老媽快樂的男人，某個幾乎能讓我們過得正常的男人。

崁多一定發現我的表情不對了，我看得出他好像試圖安慰我。他沒有追問，只淡淡的說：「有可能是貓咪。」

我說：「嗯，大概吧。」然後就不再提了。我鬆了口氣，當時我並

不想捲進安德和畢夫的事，不願掙扎該不該去追畢夫，或假裝啥都沒發生。我不願猜想畢夫幹麼又到我們家附近徘徊，也不願猜測他為何假裝不是。那些問題的答案，至少有一兩個我不會喜歡。

我寧可只單純做我的功課，至少若沒答好卷子，最壞的結果就是拿低分而已。

我回家取書，兩人又折回圖書館。

圖書館裡根本沒人，我們立刻用上電腦了。那很好，沒有什麼比網路更能排除一切雜念。畢夫澈底消失了。

崁多和我開始隨意在谷歌上查找，我在尋找靈感，我得找到一個做作業的好點子。

一開始我們還認真的搜尋諸如「漁業」、「迷你籃球」和「哈利法克斯的黎巴嫩社區」等議題，然後就開始玩了。我們從「與愛犬最像的主人」、「長得像雪貂的人」到「軟糖雕刻」。我不知所以，或為何我們會覺得軟糖雕刻那麼好笑，可是超爆笑。圖書館員說：「噓！」，並對我們嚴重警告「孩子們，你們知道規定吧。」時，我們笑到都快翻過去了。

我抬頭說抱歉，就在那時，我看到莎諾黛・布維克・桑德森了。

第十三章

逮捕

由執法方逮捕或拘禁一個人，尤其是起訴罪犯時。

她就站在圖書館員旁邊，但我過了一秒鐘才意會到她是誰。我的意思是，誰會想到莎諾黛‧桑德森還在哈利法克斯？審判老早就結束了，她幹麼還待在這種地方，她根本可以回到洛衫磯的家，享受她的錢和陽光啊？

她看上去還是漂亮，但不若在電視上來得亮麗。她長得有點像芭比娃娃——高挑、纖瘦、金髮等等——但現在有點像落難芭比、患了新流感的芭比。

她看上去十分蒼白憔悴，活像行屍走肉。我唯一能認出她的原因，是她那頭幾乎不像真的金色長髮。（我覺得在哈利法克斯甚至買不到那種假髮）。

我一認出她，便躲到電腦桌下，彷彿有人朝我扔了顆炸彈。崁多問：「你幹麼？有病啊？」

我用眼神叫他「閉嘴！」然後把他的椅子拉到我前面，澈底把我自己藏妥。

崁多輕嘆一聲，泰然自若的望著前方，好像我經常幹這種事。他垂頭對我低聲說：「我真搞不懂你，我們只是在笑而已，你以為圖書館員會逮捕你或什麼的嗎？」

我竊聲說：「不是啦，不是那個！你看他在跟誰說話！」

崁多扭頭去看。我把指甲刺進他的腿肉裡，說道：「現在別看！你

是怎樣！她會看見的。」

崁多用腳踩住我的大腿，直到我鬆開手。

「好吧，那是誰？」他問，嘴唇動都不動。

「恩尼斯特・桑德森博士的遺孀！」

他往下滾動螢幕，用平淡低沉的聲音說話，狀似想解決問題時的自語。「你是指那個死掉的有錢人嗎？」

「對。」

「那又怎樣？幹麼要躲？」

我嘶聲對他說：「我不希望她認出我！」

「她為何要認出你？」崁多通常沒那麼笨，我快氣死了，要不是領教到他的鞋子踩人有多痛，我一定去咬他的腳踝。

理，老師一定會給我更高分。

我開始興奮起來，忍不住覺得作業內容會很精彩。這篇故事包含所有元素——金錢、名聲、過失致死，當然更甭提有位美國選美小姐了。這種事情不能瞎編。

我等莎諾黛離開後——我不想讓她知道我在盤算什麼——上網搜尋恩尼斯特・桑德森的資料。網上有許多可用的庭審資訊，現在我僅需要一些桑德森在世時的鏡頭。

我們往下滾動螢幕，找到幾年前別人拍的電視紀錄片，標題是「**潔亮咖啡：微笑背後的故事**」。我點開影片。

天啊，恩尼斯特・桑德森竟然那麼老。據說他在春園路上拿過一堆超速罰單，而且在看過莎諾黛後，你會以為他一定很年輕。

錯了。

那傢伙是個古董。他的頭髮雖是黑的，而且牙齒——這就不在話下了——亮白到會刺痛你的眼球，但他唬不了人。這部片子拍攝時，他八成至少六十歲了。

採訪者跟他談到他所有的車子、贊助的慈善事業，以及他那位「美麗年輕的妻子」。

接著他們大談潔亮咖啡的事，我看到人們端著那種銀白相間的咖啡杯晃來晃去很久了，但從沒聽說那玩意兒是如何發明出來的。

片中快速閃過一隻海蝨的巨幅照片，那毛絨絨的海蝨看來如此巨大醜陋，我們兩人忍不住叫出聲來。圖書館員瞟我們一眼，意思是「這是你們最後一次機會了」。

播報員的聲音十分甜美柔滑，他談起「那微小的甲殼類動物」時，你會忍不住想衝出去收養一隻——或至少存點錢，讓那小傢伙能去讀大學。

介紹完海蝨後，接著播出桑德森在實驗室工作的舊影片。那只是一部某大學介紹桑德森、一位叫麥可・瑞席的博士，以及「他們精彩的海蝨交配儀式研究」的影片。（大人是怎麼了？是不是到了某個時間，他們的某種荷爾蒙、酵素就會發作，或腦袋長霉？他們真覺得海蝨很「精彩」嗎？科學家是在尋找某種治療方法嗎？我能及時用得上嗎？）

這部大學影片拍得爛透了，看起來可笑至極。這八成是在二十年前，桑德森博士尚未經過好萊塢式包裝之前拍的。

他的頭髮還灰撲撲的，牙齒也是。實驗室裡，每個人看上去都像準

備出門過萬聖節的樣子。他們全穿上高到腋下的褲子，眼鏡鏡片幾乎跟大麥克一樣厚，讓人覺得這夥人要去為皮克斯的下一部卡通片試鏡。

不過最好笑的是，有個高大乾瘦、嘴上留著小鬍子的傢伙，每個鏡頭都擠進來。

他不像電視上，那些學校中了火焰彈後，在採訪記者背後蹦跳揮手，高聲嘻笑的孩子。這傢伙老是假裝恰巧出現在鏡頭裡，攝影師顯然極力迴避他，但小鬍子不斷擠回鏡頭裡，或調整自己的眼鏡，或裝成諾貝爾得獎科學家的模樣，惹人發噱。此人童年時期，顯然未獲得足夠的關注。

剩下的影片就沒那麼好笑了，但相當有意思。

根據影片內容，潔亮咖啡始於一次愚蠢的小意外。

有一天，桑德森和瑞席博士在實驗室，跟平時一樣研究海蝨（天知道是什麼研究）。桑德森拿著堆滿海蝨的盤子忙來忙去，沒發現自己不小心掉了幾隻「樣品」在瑞席的咖啡裡。（我突然覺得查克的南瓜乾沒那麼糟了。）

瑞席博士發現咖啡味道怪怪的，但也沒多想，直到咖啡見了底，才看到幾隻扭動撲跳的蟲子。他喊道：「救救我！救我啊！」

然後發出尖叫。（這一點也不奇怪）

桑德森嚇壞了，或者只驚嚇了一小會兒，因為他看到瑞席博士的牙齒突然變得潔亮雪白。

能漂白牙齒的咖啡？

這些傢伙不是笨蛋，他們立刻知道自己坐在金礦上了。

不過他們得先除掉那種「可怕」的味道，更別說早期幾個版本的潔亮咖啡，所造成的蛀牙、口臭和其他副作用了。

他們甚至得設計一種更堅固的咖啡杯，因為潔亮咖啡會把一般的杯子漂出洞來。

桑德森和瑞席投入數年的時間，但終於發明出一種不會造成損傷，或讓人發出怪味的「無味海蝨添加劑」了。兩人在幾年內便成為百萬富翁，在你說完「笑一個，一——」之前，轉瞬又成了億萬富豪。

可惜麥可．瑞席死於退化性神經疾病，「無法享受潔亮咖啡的巨大成功」。桑德森說這話時，盡其所能的擺出心碎的樣子——攝影機甚至特寫他眼中閃動的一大顆淚珠——但他打起精神，帶觀眾參觀自己那棟有十七間房的漂亮海邊「小屋」。

節目剩餘部分是關於「世界最熱愛的咖啡」對全球的影響，有人們在艾菲爾鐵塔、馬丘比丘和中國長城前喝咖啡的街拍照，還有一幅令人喪氣的照片，沿吉力馬札羅山（譯注：非洲最高山，位於坦尚尼亞東北區）的山徑，拍下沿途扔到山頂的所有銀白色杯子。（沒錯，潔亮咖啡確實影響全球。）

影片裡有太多絕讚的素材，我開始做起美夢，想像自己的學生紀錄片習作，變成《不願面對的真相——咖啡篇》（The Inconvenient Truth，發表於二〇〇六年的重要環保紀錄片），我在臺上感謝安德、查克，當然還有瑪莉・梅德莉・麥伊薩克的愛與支持。

我會邀請畢夫參加首映會，安德一定會很高興，並以我為傲，因而同意與畢夫講話，他們一聊起來，自然會明白自己所犯的錯，而言歸於

好，然後我們就會永遠過著幸福快樂的日子。

可悲的是，我不是在開玩笑。我真的那樣相信。

第十四章

被害人影響陳述書

描述受害者所受傷害之聲明書，使被害者能透過解釋犯罪對於他們的影響，而參與審判加害者。

翌日，我粗略的剪輯了這部舊片子，然後帶回家給安德看。我挺得意的，片子雖不算完美，但應該比大部分同學的作業更有趣。我的意思是，艾林・卡羅的主題是「地毯清潔之發展：蒸氣革命。」相較之下，本人的短片簡直像《魔戒三部曲》。

當然了，安德覺得片子棒極了，我就知道她會這樣。她不是那種會煮飯、打掃、中規中矩的母親，然而就一個與社會格格不入的人而言，

安德真的很支持我。就算做地毯清潔主題的人是我，改由艾林去拍潔亮咖啡，安德還是會挺我的作業，偏心未必是壞事。

安德想跟我借錄影機，好拿片子給雅圖拉和查克看（如果她能找到史匹柏，一定也會拿給他看），但我死都不肯。

她好生氣：「為什麼？」

我說：「妳當我瘋了，是嗎？我才不要在交作業的前一個禮拜，把作業拿給妳！妳一定會搞丟，妳一向丟三落四。」

她說：「哦，是嗎？例如什麼？」

我的白眼都翻到後腦勺了，還能看見自己的肩胛骨在抽動。我說：「吼，真是夠了！妳上個星期不是才搞丟鑰匙、妳的夾克、右腳靴子、伊克博的檔案、日用品和妳的臼齒——真搞不懂，怎麼會有人掉了臼齒，到了回家後才發現，除此之外，還有，反正啊——妳的耳環、鼻環、牙刷，妳的——」

安德倒抽口氣，敲了自己額頭一下。「噢，去他媽的！那倒提醒我，我找不到查克寫的被害人影響陳述書了，你得去他家跑一趟，幫我另外弄一份拷貝回來。」

我都快吐血了！我能說的事情還有好多，我可以一針見血的說：這就是她丟三落四的鐵證！

我可以辯駁，去拿東西的人不該是我，拜託！搞丟東西的人是**她**耶。

我可以告訴她，我有工作要做，相信我，我不是在說謊，我的作業離完成還遠得很。

可是我啥都沒說，安德看到影片裡的小鬍子時哈哈笑了，那是她數星期來第一次大笑。那一瞬間，安德彷彿恢復舊時的模樣，我不想破壞。

我嘆口氣：「好吧，不過妳先打電話跟查克說我會過去，我不想等他找東西。」其實我不介意等候，只是不想顯得太好使喚，或讓安德立即看出我是為了哄她開心才去。那會令她想起畢夫，又難過起來，惹得她更容易胡思亂想。

查克住在地下室，他的公寓大樓比我們家更糟。走廊上的地毯看起來像溼掉的人行道，但從翹起的邊角，看得出地毯原本是粉紅色。人們在牆上塗寫的那些話，就算安德在心情最糟時，也不會對有錢人說。整處地方飄著青花椰菜跟病犬的混合味。我想盡快離開，否則一不小心，這種地方會在你心中盤繞不去。

我找不到查克．鄧柯克的門鈴，但大門開了，便逕自走進去，直奔公寓地下一樓。我敲敲門，聽到音樂聲，知道裡頭有人，卻無人應門。

我再次敲門。

查克吼道：「誰？」他沒有咒罵或做什麼動作，但你知道他很想罵人。我的意思是，他的語氣就像躲在橋下的侏儒，幸好我沒牽著比利山羊過來。

我說：「是我——西羅啦。我來拿你的被害人影響陳述書。」

查克將門打開了一兩吋的縫，但是沒拔掉門鍊，似乎不太信任我。

他瞇著一隻眼，望向門外的我。

他說：「幹麼？我不是已經給安德了嗎？」

我嘆口氣，我早該料到。「她找不著。安德沒打電話給你，說我要

過來嗎？」

看得出查克很不爽。

「沒有。」他只說了這麼多。沒說「你何不進來坐坐，我去找份拷貝？」，沒說「沒關係，我在你們家叨擾那麼久，老窩在雙人沙發上，吃那麼多美食，這是小事。」，完全沒有那些廢話。

他只是站在那兒瞪著我，好像青少年暴力事件升高，都得怪我。

我說：「她需要另一份拷貝。」

他說：「現在就要嗎？」

「是的，現在就要。」我說。其實我不知道是不是真的，可是，嘿，如果我能幫他跑腿買「昏達」，他當然可以幫我弄份被害人影響陳述書。

我沒動，他也不動，典型的僵持不下。假若他以為我會被死狗般的臭味嚇退，那他是在做夢。查克扯著鬍子，舔舔手指，把眼鏡往上推。

他把頭往旁側一扭，頸骨發出咔的一聲，整個過程他都盯著我。無所謂，反正我哪兒也不去。

查克終於讓步了，他喉頭咕噥一聲，不是什麼歡樂的聲音。要不是本人早就了然於心，一定會以為他家引擎出了問題。「好吧。」他說，「留在原地，我去拿。」

「謝謝。」我微微笑說，勝利的時候，微笑並不難。

他讓我等了足足五分鐘，實在讓人不爽，但我趁機窺視他的公寓。他的門開了條縫，我不知道他是忘記摔上門，或是在表示友善。

我只想到：這個清潔工真是夠了。我不介意凌亂，但他的客廳有如垃圾場跟安德臥房的合體。客廳裡到處是披薩盒，狀似有個孩子才剛開過盛大的生日派對。報紙、書籍，以及一些莫名的東西，堆得地上、沙發、窗臺，到處都是。查克來應門時，好似把夾克扔在地上了。（他是怎樣？十五歲嗎？）

不過最引我注意的是釘在牆上，那張恩尼斯特・桑德森的巨幅照片（那一定是在博士發財前拍的，因為他看起來還是很老）。我忍不住想，如果我經歷過查克的審判，絕不會想再見到桑德森的大臉。

查克從後邊房間出來，逮到我從門口窺看，便立即趕過來擋住我的視線。查克把被害人影響陳述書交給我，他八成重寫了一遍，否則我不懂他幹麼去那麼久。他把陳述書塞給我。

「拿去。」他說，「務必告訴你母親，她若再派你過來，一定要先打電話給我。」

我說：「別擔心，我會的。」但我懷疑他有聽到，因為他已經關

門，將所有門鎖帶上了。

回家路上，我一直覺得怪怪的。到查克家跑那一小趟，心裡老覺得不對勁，不單是因為查克很無禮而已。很多大人都那樣，爸媽在時，就對你很好，等只剩下你一個人時，就把你當渣。

但現在不是這樣，而是有什麼不太對勁，就像童書裡的「圖畫找一找」遊戲。是查克嗎？是他那髒亂的公寓大樓？還是牆上那幅恩尼斯特・桑德森的照片？

或是其他什麼事？我不知道，光想便令我膽顫。我突然覺得有人在跟蹤我，我不斷回頭，卻不見任何人。

或許是查克說過的話。

我在腦袋裡將過程跑一遍，沒花多久時間，因為查克沒有說很多，也沒說任何引人注意的話。

接著我想到，也許不是他說了什麼，而是他說話的方式。

我把剛才的情形重新在腦中過一遍，想著查克從門縫瞪我，舔著他的手指，把眼鏡往上推，扭動脖子的樣子。「留在原地，別煩我。」他說，「我去拿。」

「別煩我。」

煩我。

煩。

我心念一動，就是這個。

查克・鄧柯克有一副完整的牙齒。

第十五章
證明

利用證據，作為證明事實之手段。任何能使一個人相信，某件事實或提議為真或假之事物。

崁多那天晚上待在他老爸家，所以我第二天才見著他。他不理解我為何如此緊張，他似乎沒當回事，甚至一直待在滑板上。

「呃，好吧，所以查克有副新牙齒，難道你不該高興嗎？這麼想吧，至少他不會再把食物噴到你身上了。」

「呃，可是……」但我閉了嘴。問題是，我沒有什麼「可是」要說，反正不是真正的「可是」，至少沒有我能用言語表述的東西，我只是覺得那些牙齒怪怪的而已。

我腦中閃過查克站在門口，清著喉頭，怒目看我的畫面。總覺得他想幹什麼，不僅是牙齒而已，否則他幹麼不讓我進去？為何要匆匆擋住我的視線？彷彿在遮掩什麼……

說不定是**某個人**……

千萬別告訴我，那傢伙正在跟人家火熱約會！我必須把這想法從腦中排除，否則胃會受不了。老實說，我寧可去清理堆肥桶。

我想到自己有可能瘋了——我最痛恨這種事。也許崁多說得對，說不定查克只是買了一副新假牙。

他不想放我進去，大概只是覺得家裡太亂，不好意思。亂成那樣連我都會尷尬，到處都是油膩膩的披薩盒。我的意思是，那會招來小強

的，連安德和我都不會隨意留下食物（應該說，我們已經不再有這種行為了）。

也許查克不好意思，因為他沒時間整理……

我頓住了。

披薩。

「不對！」我衝到滑板場中心，對崁多尖叫說：「我想到了！他的牙齒不是新的，那傢伙的家裡到處都是披薩盒！」

崁多咻的從我身邊滑過，做了個反方向轉動的動作，再滑回來。

「所以呢？那能證明什麼？」

我舉起手，答案太明顯了。「那傢伙連馬鈴薯泥都快吃不動了！沒有牙齒，怎麼可能啃得動披薩？**鐵路**工披薩的餅皮，可是出了名的有嚼勁！你都不看廣告啊？你得有猛禽的力道，才能咬得動。」

崁多還是沒被說服，但至少停下來了。「我覺得不一定，也許查克沒吃餅皮，很多人都不吃餅皮。說不定他用刀叉，把披薩切成一小口一小口？」

「是啊，」我說，「或者他把整片披薩丟進攪拌機裡，給自己攪鯷魚糊當早餐。我是說，他可以那樣做，也不是不可能。」我瞠著眼，重重嘆口氣，因為我知道崁多說的有道理，我只是不想承認罷了。

你無法討厭崁多的聰明，因為他不會大驚小怪，而我都快抓狂了。

我知道自己是對的，這件事有內情。我不喜歡崁多一直打斷我的分析。

崁多又回去練他的滑板了，女生們開始跟平時一樣在滑板場四周溜轉，看崁多玩踢翻。通常我會試著擠進去玩，可是那天連看到瑪莉・麥

伊薩克做豚跳，我都意興闌珊。

我跑去樹下坐，盯住自己的鞋子，咬著口腔內膜，滿腦子都是查克和他的牙齒，我漏掉了什麼，到底是啥？我試圖按照邏輯，解答自己的疑惑。

我往回想，就在我來滑板場之前，安德和我又看了一次我自製的影片。查克在我們看到一半時走進來，我頭都沒回的說了聲嗨。我沒去看他，因為我沒辦法裝沒事，我的表情一定會害我露餡，查克就會知道我對他起疑了。

安德堅持要我放影片，讓查克看我目前所拍的作業。我說好，反正反對也沒用。查克在我身邊蹲坐下來，大夥幾乎彼此相疊的擠在一起，努力去看攝影機的小取景框。大部分都是安德在說話——一直誇說「這個很棒吧？我兒子是不是很傑出？」——但查克也說了些話。什麼話？

快點想。

我們剛剛看到影片，小鬍子男跟瑞席博士在實驗室的部分，然後我跳接到桑德森解釋他如何不小心把海蝨掉到咖啡裡的事。我剪入幾個鏡頭，是我放在卡瓦娜老師的模範老師馬克杯裡的幾隻黑色大甲蟲，甲蟲相互攀疊，有如在玩蟲蟲版的扭扭樂（譯注：一種派對遊戲），畫面爆笑至極。

安德說：「好噁哦！」然後大笑起來。

我記得查克沒有笑。影片應該很好玩，但他半點反應也沒有。查克非常嚴肅的說：「灰常有意思，西羅。」我可以感覺口水噴在我耳朵上。

我還能感覺到那股噴沫。

噴沫。沒錯！

我跳上自己的滑板，跟隨崁多溜進滑板場裡，他那群女粉被迫紛紛走避逃命。

「哦，是嗎？」我說，「那他今天為什麼不戴假牙？啊？告訴我！」

崁多問道：「誰戴什麼東東？」

「查克，他的假牙。他今天沒戴假牙！如果假牙是新的，他現在為何不戴？為何不炫耀一下？有誰會在家裡戴假牙，出門卻不戴？我的意思是，你不覺得那樣很奇怪嗎？」

崁多說：「是啊，好吧，我想那應該挺奇怪的。」

我說：「對嘛。謝謝你。我就需要你這個反應而已。」

女生們朝我微笑，卻是「可憐的西羅」式的笑容。我必須承認，對別人的假牙如此興致勃勃，確實有點詭異。管他的，我覺得自己剛剛找到重大突破口，女生也許覺得我剛才瘋了，但至少**我**不再發瘋了。

回家路上，我到陶朗尼小店買了一大袋特辣的烤肉口味洋芋片，和一公升汽水。那不是世上最棒的晚餐，但也許比我們公寓裡的食物好。安德甚至不太買外帶了，昨天晚上她帶回一包單人份的塔可餅給我們**分食**。我不想問原因，我不斷聽到安德說：「可是你若**輸掉**這場官司，就什麼都得不到了！」

啥都得不到。

我不喜歡一無所有，以前我就是那樣。啥都沒有一點都不好玩。一

文不名的滋味爛爆了，讓人很沒勁，房東也不開心，那又冷又黑的感覺，讓人徹夜難眠。即使只有一點點什麼——任何東西都行！——都勝過兩手空空。

我回到公寓，公寓門外擺著一個保鮮盒，上邊附了張紙條。

嗨，小傢伙，

我想你大概想吃頓好飯，換換口味。（我知道你母親不會幫你張羅！）

畢夫

一時間，我覺得人生沒那麼糟。畢夫是在乎的，在你最需要的時候，食物出現了。我們會活下去的。

我拿起盒子走進公寓，家裡沒人，也好，我不太想讓安德逮到我吃畢夫做的飯——或看見他那張指責的紙條。

我撕掉紙條塞進口袋裡，這紙條令我沮喪，因為很不像畢夫的作風。畢夫向來從容自若，從不苛責別人。當那個來自奧里利亞的魚眼美髮師被趕出島嶼時，畢夫也許是北美唯一沒有發出歡呼的男生。那句「我知道你母親不會幫你張羅」的垃圾話是怎麼回事？我真的不想他在這種時候也發脾氣，那樣他們根本不可能復合。

我打開盒子坐下來吃飯，吃過那麼多馬鈴薯片後，我其實已經飽了，但我停不下來，這才叫吃飯嘛。我都不記得上次好好吃飯是什麼時候了。（錯了，我記得的，就是畢夫離開的那天晚上。）他做的馬鈴薯泥有點太糊，但我不在乎，還是很可口。所以那張紙條是怎麼了？畢夫怎能不生氣？人家也有脾氣。

查克呢？他沒戴假牙關我啥事？也許他覺得沒戴假牙看起來比較帥。我怎會知道？怪事年年有。我的意思是，安德就喜歡有洞的絲襪。也許查克只是覺得他的牙齦格外迷人，不想把牙齦藏在難看的舊假牙後面。

一頓熱飯菜，會改變你對世界的觀感。

我放下叉子發出飽吟，真好吃，可是我吃太多了。我蓋上蓋子，把盒子藏到冰箱裡大概是安德在讀初中時買的一桶優酪乳後方。我的雞肉大餐放在那裡挺安全，老媽絕不會冒險往冰箱深處探索，那裡就像有毒的垃圾場。

我打開電視，我必須起身去開電視，因為那支爛遙控器又壞了。安德大概把電池拆去裝在她的錄音機上了。我彎身去按電源開關，碰巧往窗外瞄了一眼。

我再次看到畢夫。

外頭很黑，他隱身在陰影中，但街燈的光圈映在他理成平頭的頭頂上。我敲著窗，對他豎起大拇指，試圖對他表示感謝，但又不想顯得太遜咖。

畢夫抬起眼，沒有微笑、揮手或做任何動作，他只是躲回黑暗裡，彷若根本不在場。

第十六章

傷害

沒有理由或藉口的情況下，非法碰觸他人。

我嚇壞了，一名瘦瘦高高、留著亂七八糟鬍子的男人正在追我，他說：「我叫你去幫我買昏達！我要昏達！」我傾力奔逃，肺部灼燒，肋骨發疼，只聽到自己的喘息，幾乎聽不到他的聲音。

我看到我們家公寓較遠的那一側，有一條我從不曾注意到的巷子。我衝進巷子裡，那裡又暗又溼，還發出呼呼的聲音。我拚盡全力的跑，不斷奔馳，直到突然發現人行道上只剩一雙腳在踩踏。我再也聽不到那傢伙的吼叫聲，腳步聲沒了，靜悄悄的，沒有粗重的呼吸，什麼都沒有。現在只剩下我了。

他一定是放棄了、轉錯彎、絆倒了。總之，我擺脫他了。

我自由了！可以活命了。

我仰起頭，踉蹌的停住腳。那一瞬間，感覺幾乎像飄起來，彷若剛剛贏了一場百米賽跑，現在我終於能躺下來放鬆了。我覺得自己好英勇。

美好的生命僅維持了兩秒鐘，然後碰！一隻巨大的海蝨從後方某個垃圾桶裡跳出來撲向我，它張著溼漉漉的大嘴，露出雪白的牙齒，不斷朝我張咬，我知道自己完蛋了，但還是開始狂奔。我想到自己跑步從來不快，體育課總是敬陪末座。我不知自己是如何甩掉另外那個傢伙的，總之純屬僥倖。

我絕對跑不過巨大的海蝨，牠比我多出很多隻腳，全都會派上用

場。牠不會跌倒，不會疲累，海蝨逼得好近，我的耳邊感覺到牠噁心潮溼的呼氣。

我正打算放棄，「好吧，算了，你贏了！」但接著我看到畢夫。他半隱在黑暗裡，示意要我跑過去。他說：「來呀，小傢伙！你可以辦到的！來呀！」我奮力衝刺，差點就要到了。我伸出手，畢夫抓住我的手說：「我抓到了！」我以為那表示我安全了，可是我看著他，他在對我笑，但不是快樂的笑容，不是畢夫的笑，而是邪惡如蝙蝠俠裡的小丑。這使他看起來比平日更加壯碩，我才明白他說「我抓到了！」的意思是「你是我的了，小混蛋！」

這下子毀了，我很清楚，就連我的身體都知道。我的五臟六腑已經開始液化，畢夫的大手套掐住我的脖子，他仍在微笑。我發出尖叫。

即使我已張開眼睛，還尖叫不已。我聽到安德說：「怎麼了？西——西！是我！怎麼了，甜心？」

我搖著頭，慢慢將安德看清楚。雖然在黑暗中，我仍看得出安德跟我一樣害怕。我想叫她別擔心，剛才只是做夢而已，但我還沒來得及出聲，便開始嘔吐了。

不僅是從胃吐到口中，而是全身都在嘔吐。彷彿有人抓著我的腳，把我的身子當鞭子甩，全身上下搖晃。我可以感覺脖子的骨頭喀喀響，等胃裡的東西全吐空後，我已累到不行。我躺回床上，張大嘴，心臟咚咚亂跳，我死盯著天花板，空中盡是飛舞的細小白點，我想是血管爆裂吧。嘔吐會造成眼盲嗎？

安德幫我清理，用涼布擦拭我的臉，把我的頭枕到她腿上輕輕晃

著。她不斷的說：「噢，我的寶貝，噢，寶貝。」我迷迷糊糊的想，無論如何，我是愛她的，我好高興安德在家，她一向都在，她不會拋棄我，我可以信任她。我任由安德以手指梳理我的頭髮，就像我小時候那樣，我們會一起躺在床上看書。好舒服啊，她在我頭皮上梳出來的五條小溝，是我全身唯一不想死的地方。

安德說：「你一定是吃壞肚子了，你今天有吃到什麼奇怪的東西嗎？西——西？」

第十七章

竊盜罪

未經授權，取走他人私人財物。偷竊。

第二天，我除了無法面對早餐之外，感覺還可以。我逼自己好起來，我得把作業做完，沒空去理會空掉的胃，或發痛的喉嚨，或為什麼不管你吃什麼，吐出來的時候總有個起司味。我無法思考查克的牙齒，或電力公司寄來的橘色信封上標示著「急件！須付清款項！」，或畢夫是否真的故意對我下毒。

我必須逼自己相信，此時唯一重要的，就是在媒體藝術課拿到A的成績（或至少拿B，甚至是C）。

我只需要再訪問一下安德或查克，花幾個小時剪接，再花兩三個小

時配音，我的潔亮咖啡影片就完成了。我可以犒賞自己，去滑板場，看垃圾電視，好好耍廢一番。

我打起精神，準備開戰。我把要訪問的問題全寫下來，安德終於畫好滿意的妝——也就是亂七八糟的大濃妝。查克甚至同意再次接受拍攝。（「緩正這只是學校的作業短片」，說得好像是在幫我大忙！最好是啦！昏達先生，他欠我的人情可多了。）

我看著取景框，結果看到螢幕上閃著一小道白色的訊息。

未置入光碟片。

我立即忘掉自己擁有安德多麼幸運，忘記我有多麼愛她，以及昨晚想到的一堆垃圾事情。現在我只想宰掉她。

「這下好啦，光碟呢？妳把光碟片弄哪兒去了？我不是叫妳別碰攝影機嗎？」

她說：「什麼？你在說什麼？我又沒碰攝影機，西羅！我幹麼要碰你的攝影機？」

因為妳想惹我生氣，因為我叫妳別碰，因為妳就算不想惹麻煩，還是會惹麻煩，總之有千百種不同的理由。

我憤憤的瞪著她。

安德像人質談判專家似的舉起雙手，而我就是她必須說服的那個瘋子。她答道：「說真的，老實說，我們是跟你一起看的，然後你就去滑板場了。後來我們去法律圖書館，然後我回家，上床睡覺，就醬啊！我根本沒碰它，西羅。我不會亂碰，真的，大實話。」

我覺得自己的腦細胞像微波爐裡的爆米花蹦來蹦去，我只能想到自

己遇到多大的麻煩，我仰著頭，在心中尖叫，然後開始到處翻找。

安德應該了解此事的嚴重性，要不然就是在粉飾太平，因為她並沒有反駁。她一向嘴利如刀刃，無論自己錯得多麼離譜。事實上，她越是犯錯，就反擊得越凶，那是她最有效的辯護。

安德也開始跟著到處翻找。

同時間，查克則虛應的隨便找找，把幾個檔案夾挪來挪去，抓開雙人沙發上的墊子，但連頭都懶得低下去查看墊子底下。他說：「還有別的東西不翼而灰嗎？」

正在翻舊報紙的安德停下動作，問道：「什麼？對不起，你能再說一遍嗎？」

查克答道：「有東西不翼而灰嗎？妳知道嘛，消失了，有任何東西消失嗎？」

我好想說：「你能不能把假牙戴上去？」可是我沒說，甚至沒答腔。誰會在乎那些東西？那些東西是要禮拜二交嗎？我搖搖頭，低聲嘟囔。

安德不理我，逕自看著查克說：「你為什麼那樣問？」

查克舔舔手指，把眼鏡推上去。「不知道，也許有人進來偷東西，把光碟片也偷走了。」

安德用手拍拍自己的臉。

「沒錯！一定是那樣，查克！我們一定是被搶了！」她看著我，一副「你瞧，就跟你說我啥都沒做！」的樣子。

這件事實在蠢到我連氣都生不了，我冷著臉說：「小偷能從我們家

偷到什麼？我們又……沒有任何……值得拿的東西。」

安德張口結舌，瞠目望著我說：「西——羅！」十足受到侮辱。

「我們擁有許多別人會想要的東西！」

我再也控制不住了，我雙手擺出地獄代言模特兒的樣子，「例如這架可愛的十二吋的二手黑白電視，以及搭配它的硬紙包裝——又稱之為箱子的東西嗎？」

安德無聲的做出「哈哈」的嘴型，一邊慌急的四下尋找房中值得一偷的物品。

我跑到窗臺邊，「還是這個有著噪音收訊系統的最新型，1976年款的鬧鐘收音機。」

她說：「收音機好得很，是復古款，人們願意花大錢買復古收音機。」

我從地上撿起她那件十四塊錢的救世軍軍用「毛」大衣，「當然了，還是這件綴著豔麗番茄紅和綠色口袋，新銳設計師設計的貂皮大衣！」

我把衣服扔回地上說：「如果真的有人想偷東西，咱們所有值錢的家當，似乎都安然無恙。」

我把懶骨頭翻過來，找到一雙從小學四年級後，就再也沒見過的襪子，和一堆價值約一塊錢的零錢，但沒有光碟片。

安德說：「我的腳趾環！全部都……不見了！」

我不理她，我知道她想幹麼，這是她轉移話題的花招之一，我才不會上當。我跪下來查看雙人座底下。灰塵已經開始堆積了，這是我們需要畢夫的又一理由。

我本可待在雙人沙發下，等悲傷治療師過來把安德帶走，可惜我的哮喘快要發作了。

我站起身，安德和查克跑到窗邊，一副焦急的模樣。安德說：「它們本來在這裡！我很確定。我坐在地板上修腳指甲，東西就放在這裡，結果現在……」她頓住了，好像痛苦到說不下去。「結果現在……卻不見了！」

安德的腳趾環是在街上買的，五塊或兩塊錢吧。誰會闖入公寓偷那種玩意兒，還不如偷我們的回收袋算了。

查克點頭如搗蒜，一邊用手指點著自己的嘴唇，狀似追緝國際寶石大盜的神探福爾摩斯。他說：「呃，是啊。妳還能想到是伙有別的東西不見嗎？」

安德環視房間，有如一隻尋找獵物的激動雪鴞。我好想殺了她，我為何非忍受這種垃圾不可？

安德倒抽口氣，倒在查克身上。「我的《麥田捕手》不見了！」

我望向被我們拿來當茶几的破電視，安德說得對，《麥田捕手》不見了。

對大部分人來說大概沒什麼大不了，畢竟那是一本用橡皮筋綁住的破書，在隨便哪個舊貨大拍賣中，兩毛五就能買到了。

但這對她可是件大事！

安德愛那本書，勝過世間任何事物（可能除了我和香菸之外，雖然未必按照這種順序）。她流落街頭時，把那本書當枕頭。別人家的媽

媽給孩子念《前進吧，大狗！》（Go, Dog. Go！），她卻對我讀《麥田捕手》。她隨身帶著那本書，當她需要一點主角霍爾頓・考爾菲德（Holden Caulfield）的刺激，幫她撐過一天的時候，便能隨時翻閱。她總是把書放在那架舊電視上，像供著一座小佛壇。安德的朋友都知道那本書對她的重要性。

罵我瘋了吧，但在一瞬間，我開始覺得也許真的有人進來偷過東西。

安德坐在雙人沙發上，來回搖動身體說：「霍爾頓！霍爾頓！」像是有人剛剛綁架她的孩子。查克拍著她的背，看不出是在安慰她，還是幫她拍打嗝。

存有我全部作業的光碟片不見了，而這就是我得到的結果？好感人的場面。

我回過神。

「你們演夠了吧！這又不是搶案，窗戶都還鎖著呢，門也沒被踢開，沒有人進來這裡。進來做啥？搶妳的腳趾環嗎？搶我的錄影作業？一本破舊的《麥田捕手》？最好是啦。那破玩意兒對任何人都不值一文錢，只有我們覺得重要而已。」

剎那間，安德的嘴唇不再顫抖了，她好像要跟我抬槓，卻見她臉色一變。安德惡毒的瞇起眼睛，她若是在戶外，我相信她就要在地上吐口水了。但她僅是抬著鼻子，彷若聞到臭味的說：「你說得對，我敢打賭，這正是他把書拿走的原因。」

我不必問，也知道她指的是誰。

第十八章

間接證據

審判時的證據，非直接得自證人或涉案者，且需要做一定推論才能證明為事實。

我覺得是該提提我看到畢夫在公寓外徘徊的時候了，我本可告訴安德，畢夫謊稱他沒到那裡，我跟他揮手時，他還躲了起來。

可是我隻字不提，安德只要握有畢夫在我們鄰近露臉的證據，就可以定他罪了——說他闖入我們家公寓，將我們洗劫一空。如果偷竊某人的腳指環，也算把人洗劫一空的話。

我緘默不語，我相信畢夫那麼做，是有其他原因的。我的意思是，我多少把他當朋友，我的哥兒們，甚至——這樣說真的好尷尬——是我爹，或至少像是老爸的人物，他幾乎算是我繼父了。

我必須坦承狀況不太樂觀，我見過在附近鬼鬼祟祟的畢夫，他有公寓的鑰匙，根本無須破門而入。他很清楚安德對《麥田捕手》的執迷，知道她有多麼捨不得失去那本書。而且他總是在清理公寓，也許是唯一知道安德通常會把腳趾環放在哪裡的人（或指甲剪、抹布、鍋鏟之類的東西）。

證據漸漸對他不利，這點無庸置疑，可是我就是無法相信。我是說，我不覺得畢夫會幹那種事。我知道大家就是因為那麼想，才不會有人起疑。記者訪問住在瘋狂連續殺人魔隔壁的小老太婆，她總是說：「瞎毀，我簡直不敢相信！他人那麼好，那麼客氣木訥！」她從不會問

自己，他幹麼老是凌晨兩點鐘在後院挖坑，老太婆大概覺得他只是在半夜裡照顧花園罷了。

叫我老太婆吧，因為我也不相信。畢夫會清理堆肥桶！他把他的雙人沙發送給我們！為我們做了許多他不需要做的好事。

他幫我準備那份雞肉餐，因為他知道我愛吃雞肉，而且從他離開後，大概就沒有好好吃頓飯。好吧，我吃了之後確實生病了，但我那天放學後還不是跑去滑板場玩了。也許是食物在溫熱的走廊上擺了一陣子，滋生細菌什麼的，所以，說不定是我自己的錯。畢夫絕非故意要毒害我。

我跟他揮手或喊他時，也許他真的沒看見或聽見，而且街名挺容易忘的，即使你天天走。說不定畢夫當時心裡有別的事。

他是個好人。真的。

好人一個。

我幾乎可以確定。

第十九章 上訴

向判決結果正式挑戰的過程。

我現在不需要這個，真的不需要。我搞砸了，我說：「別再胡思亂想了，行嗎？沒有人偷走任何東西！你們有時間玩這種垃圾，我可沒空。我要走了！我得把那個蠢作業重新做一遍，真得感謝……」

我搖搖頭，閉起嘴巴。我現在不想跟她吵。

我踹著懶骨頭，它就像被一嘴的餅乾噎著了，把裡頭的填塞物咳了出來。

安德說：「西——羅！」

我只對她揮揮手說：「我不在時，妳何不幹點有用的事，把妳的房間清一清！簡直跟豬舍一樣。」

家裡總得有人扮演大人。

我衝出公寓，連四下查看畢夫是否躲在樹叢裡都省了。我受夠大人和他們的幼稚行為了，簡直退化成幼兒照護中心了——其中一個小孩玩假想遊戲，另一個在玩躲貓貓，還有一個牙齒掉得亂七八糟。

還是離開這裡吧，做功課都比待在家裡強。

我運氣挺好，今晚圖書館人不多，幾乎沒人，連圖書館員都不見人影。我在電腦前坐下，搜尋恩尼斯特‧桑德森的資料。我在等實驗室影片出現時，聽到有位女士說道：「呃，對不起？不好意思……」

沒人回答，我不想理她，但她開始「唷呵唷呵」的喊了起來！我想大概是某個倒楣鬼的母親剛好來接他，並且（或者）公開羞辱他吧。這

種熱鬧豈能錯過，通常我都是那個努力藏在帽兜下的人。

我偷偷環視，不想做得太明顯，畢竟我還是有心有肺的。

結果那位女士不是任何人的母親，而是莎諾黛本尊，她正在揮手叫人。我往後瞧，看她在叫誰。

後邊沒人，我的臉一下熱了起來，我嚥著口水，很慢很慢的轉回去。

莎諾黛還在揮手微笑說：「別……別轉頭，我指的就是你。」

我怕的正是這個，我指指自己的胸口說：「我嗎？妳……呃，啊……我嗎？」我的樣子大概很接近人猿泰山。（最好是泰山啦，想得真美，其實更像蜘蛛猴泰山。）

她再次點頭，抬起眉，笑得更深了。我的心臟都快彈到嘴裡了，差

點沒腦震盪。莎諾黛笑起來真的好美，不僅是她的牙齒——雖然我必須承認，潔亮咖啡那玩意兒非常神奇。她的眼睛也閃閃發光，她笑的時候，看起來一點也不疲倦。

「很抱歉打擾你，」她喊道，「我找不到人幫我，你們青少年好像都很懂電腦，你能不能幫我一下下？拜託？」

沒問題，等我重新控穩自己的手腳後，我會很樂意幫妳。

「呃，好吧。」我說。我的聲音尖得像女生。

我渾身僵硬，機器人似的走過去坐到她旁邊，覺得自己年紀才五歲，兩腳懸在離地一英呎的地方。好奇怪哦，就像坐在全世界最美的保姆旁邊，我連正眼都不敢看她。

莎諾黛抓住我的椅子把手，將我拉向她。「別害羞！我又不會咬人。」她聞起來好香，像會跟畢夫約會的那種女生。

她說：「你一定會覺得我是最笨的老女人，我每天都到圖書館，可是我還是搞不懂這些電腦。」

她再度綻放微笑，我根本不覺得她笨，好奇怪，她越是微笑，我就越覺得她聰明，也許我只是越發不在意她是否聰明罷了。

莎諾黛拿起自己的筆記本，整齊的堆放在電腦旁。「好，」她說，「現在請告訴我，我這裡做錯什麼了，我想查資料，但圖書館員說我得去找這個，呃，搜尋東西的……」

「搜尋引擎嗎？」

「對，之類的東西，所以我就鍵入……」

我不知道她如何用那些又大又長的指甲打字，彷如在柱子上跳踢踏舞。她在鍵盤上找了幾秒鐘，然後說：「噢，找到了！」接著按下輸入鍵。

「看到了嗎？」她對我說，眼眸是極其漂亮的淺綠色，就像萊姆冰棒似的。「上面一直說找不到這個網站。」

我看著螢幕，很高興除了她，有別的東西可看。我的舌頭開始發乾。

我說：「噢，呃……有了。呃，其實是，這樣的，是谷歌.com——

不是股溝.com。」

她瞪著螢幕，然後看看我，接著哈哈笑了起來。（若是給圖館員逮到，一定會把她扔出去。）我吃了一驚，她不像是那種會放聲大笑的人，但卻非常適合她，害我也跟著笑了。

「噢，太好笑了！**谷歌**，圖書館員就是那麼說的！我還搞不懂，他幹麼叫我去查海蝨的股溝，我每天喝的咖啡裡已經加很多海蝨了呀，太謝謝你……」

我起身想走，卻被她抓住手臂。

「對不起，你能再多待一下子……確定我做對了嗎？」她抬頭用一對綠色的大眼睛望著我，這招其實有點老套俗氣，但效果卓越。誰還在乎作業？就當它是一次研究吧，或許我能找到一些桑德森博士的資料，套用到影片裡。

「好，沒問題，OK。」我說，「妳還想查什麼？」我很以自己為傲，語氣已經不再像卡通裡的女生了。

莎諾黛翻著她那疊筆記紙，找到她要的紙頁。

「好，咱們來看看。我們先從強強滾去汙粉開始如何？」

我指導她再一次上網搜尋，強強滾去汙粉的網站已經關閉了——該公司顯然生意慘澹——可是有許多其他關於這種清潔劑的文章。莎諾黛甚至不知道滑鼠要怎樣點兩次，所以我陪她列印幾張紙頁。等她第二次查找，似乎便知道怎麼上手了。我不懂她為何認為自己很笨，她的電腦學得比安德快，而安德每天都在用電腦。

「太棒了！」她說，「一點都不難嘛。這比從一堆舊書裡面查找容

易太多了。現在讓我全部自己動手查一次，好嗎？清單的下一個項目是什麼？我看看……專利。空白鍵。保護。專利保護。聽起來像是處理鞋子用的，是吧？然後只要輸入『幸運牌鞋子』——就找到了！」

螢幕上出現一個法律網站，莎諾黛兩手往空中一揮說：「你是天才！」

接著她靠過來在我臉上親了一下。

我不知道我現在看起來是啥模樣，但我心裡簡直像蟲子撞到擋風玻璃，我覺得莎諾黛也看出來了，她又哈哈笑了。

她說：「你好可愛！」然後用拇指擦掉她印在我臉上的口紅。「好啦，擦乾淨了！千萬別讓你女朋友吃我這種老寡婦的醋！」

我踉蹌的回到自己的角落，一定沒有同學會相信我竟然被美國選美小姐親了，那些貼滿閱讀室的海報上說的都是真的，**圖書館員的工作很有趣！**

我努力專注自己的作業，但腦子（和眼睛）老是走神。我的意思是，人真的很難了解，首先，誰會想到，莎諾黛・桑德森竟會覺得我這種人很可愛？

其次，誰會料到像她那種大美女會跑到圖書館？我在電視上看到她時，以為她是胸大無腦的金髮美女，結果她卻跑到圖書館做研究——而且不是搜索指甲油、髮色或某名人的愛情生活之類的東西。她是在搜查強強滾去汙粉，除非我記錯，查克扔進火裡的，就是那個牌子的清潔劑。

我不知道莎諾黛想幹麼，她想上訴嗎？我不會太訝異，我的意思是，很多案子都會上訴。如果律師能找到法官的一個小疏忽，或一絲絲的法律漏洞，他們就會想方設法再搞一次審判——並希望這次會有他們喜歡的判決。

我想到，或許我該跟安德說莎諾黛在做什麼，讓安德有機會準備。好兒子一定會那麼做。

我考慮幾秒鐘，我的選擇，要嘛不是背叛我母親，就是背叛美國選美小姐。答案很明白，我想我不是個好兒子。

我把光碟片放入電腦裡，複製作業所需要的影片。

莎諾黛抬手揮說：「唷——呵！我現在要走了！謝啦！」

我微笑揮手回應。

我等脊椎上的酥痲感平定後，才又試著聚焦自己的作業。我還需要

第二十章

驅逐

強制趕出違反租約或承租同意的承租人。

我在街上來回跑了幾趟，但莎諾黛早就走了。我希望至少能撿到一隻玻璃鞋或什麼的，結果只找到了一隻髒兮兮的灰色運動襪，襪子結成一球，像顆凸肚臍似的坐在地上。（我想應該不是她的）一會兒之後，我不再找了，只是煩亂的踢著幾顆石子，然後把紙頁塞到自己的口袋裡。

我是在跟誰開玩笑？我若追到她，又有何不同？根本是痴人妄想，故事裡的小老鼠怎麼可能得到灰姑娘？得到的人是王子。

回歸現實，回到那個蠢作業吧。我看看手錶：晚上七點四十五分。

學校的媒體藝術室開到九點鐘，我若殺過去，今晚至少能湊出一些東西，總比啥都沒有好。

技術員尤哲辛先生看到我這麼晚還過來，不是很開心，但我從他身邊擠過去。

我在一個叫作費茲默的同學旁邊坐下，他的進度比我落後。我很喜歡坐他旁邊，費茲默總讓我看起來很厲害。

我打開電腦，突然腦波一震，也許我的麻煩沒有想像中那麼大，也許我之前把作業存進這裡的硬碟裡了。我鍵入自己的密碼，找到了！查克與安德。我總算開始走運了。

我點開頁面。

嘆了一大口氣，用頭去敲電腦。那不是我想要的影片，裡面只有安德打贏官司後大夥吃飯的片段，實在沒什麼鳥用。

唉，罷了，算了。我關掉檔案，把光碟片放進電腦，開始從頭剪輯影片。我的心情盪到谷底，莎諾黛的事雖暫時讓我忘掉安德，但現在沒什麼事情能讓我分心了。光看到影片，我就火大。我被迫重做作業，都是因為安德。收到電力公司的橘色信封，都是為了那起惡意的起訴，我幾乎再也不想回家，全是因為查克。

查克。

太噁心了。

我實在受不了那個傢伙。

我真希望自己更寬懷大肚，這是真話，我希望能從別人身上看到他們的優點，而不是只放大他們的缺失。我希望將來成為那種，根本不乎

別人是否自以為無所不知，或白吃白喝，或少了幾顆牙的人。

但我還小，你可以罵我膚淺，可是當對方的口水到處噴在你的晚餐上時，你真的很難想起那人曾經試圖搶救別人。我很難喜歡一個令我難受的人。

螢幕上出現「CJCH獲獎新聞小組」的伊娃．傑克遜大談查克的畫面，她說他是「本案核心，一位靦腆而教育程度不高的人」時，我差點尖叫。靦腆？鬼才信，這記者到底有沒有調查啊？伊娃顯然沒跟查克談過話，我簡直無法相信她會被他騙倒。

我把手塞到口袋裡，免得忍不住去捶螢幕。我吸了幾口大氣，我真笨，現在幹麼糾結這種事？

我在口袋裡摸到莎諾黛的筆記紙，我的人生還是有點美好的東西。

我決定休息一下。

我掏出紙張攤開，莎諾黛的字跡就是女生在筆記上練習的，那種整齊又帶花體的字。她小時候一定花很多時間練習。

我原本希望筆記上寫著諸如「有空打電話給我，大男孩」之類的話。可惜想得太美。紙頁上緣用大大的字體寫著**調查的方法**。底下是一堆很像問題的事項。

蝨子的易燃性？

滅火器的位置？

助理呢？

交通法庭？

電話／電子郵件紀錄？

專利保護？

上訴？

我快速掃完清單，沒有一項對我有太多意義，但**上訴**兩字，令我心中一凜。

我猜對了，莎諾黛想翻案，她要一場新的審判。

我的胃痙攣著，就像那次吃了在暖熱走廊上擺太久的雞肉和馬鈴薯泥。

我不再著迷於她的綠眸了，現在我看清此事的真正涵義了。安德也有可能會對美女提起上訴。我們沒有收入，能撐多久？她在查克的惡意控告案上已耗費太多時間了。她最近可有服務那些付費的客戶？可有任何薪資進帳？我可以感覺一切開始逐漸流失。

安德不介意經濟拮据，但我向來痛恨沒錢。那太可怕了，食物變少，房子門下開始塞進的信件內容越來越凶狠。我們不再接電話，因為不想跟電力公司、討債公司，甚至不想和雅圖拉說話，因為雅圖拉想知道安德如何自行支付辦公室的支出。

接著電話會被切斷，至少我們再也不必擔心那些來電了，因為最難的就是編造藉口。其他孩子無法理解，他們甚至不懂電話是可以被停掉的，不明白我們為何再也不應門。他們就像活在夢幻的世界裡。

那太蠢了，但我可以感覺自己的眼睛開始刺痛。無論莎諾黛有多漂亮，或她真的親了我。想念她，並無法令我忘掉那些橘色的信封。

尤哲辛先生說：「好了，同學們。實驗室再半小時就關了，可以開始收尾了，專心點。」

是的，專心點，忘掉自哀自憐，做好你的工作。我把筆記紙塞回口袋，搖搖頭，直至心緒平定。

我得一步一步的做這份作業。

一、置入演職員名單。

以海蝨致富：恩尼斯特・桑德森博士的生平與死亡

發想、撰稿、導演、拍攝、剪輯：西羅・麥克恩泰

我是否該把聲音與音樂也放進去？我想了一秒鐘，決定不放。如果又加進去，我的名字會縮得更小。

二、明天要安排拍攝小孩子使用潔亮咖啡使用前與使用後的牙齒照。找費茲默吧，他的牙齒灰到都快發綠了，是潔亮咖啡的最佳人選。

三、剪接一點桑德森早年的影片，雖然對故事增益不多——但能點出即使前途不看好的怪咖，也可能發大財，娶到美國小姐。

四、再想一想，還是別剪了，人人都需要希望。

尤哲辛先生警告我：剩不到二十分鐘了。

五、把實驗室的影片剪輯得更緊湊點。

那段影片太長，而且跟潔亮咖啡關係不大，我應該把焦點放在桑德森和瑞席身上，但我忍不住想把小鬍子放進去，我覺得那是我欠他的。我的人生當時真是盪到谷底，是他使我開懷大笑，使安德大笑。如果他想蹭點名聲，那就給他吧。

我禁不住想看，我知道只剩下十五分鐘了，但我還是按下倒轉鍵，看他偷偷溜回鏡頭裡。這傢伙跟豆豆先生一樣狡猾又逗逼。

這影片我看了大概有一百次吧，我只是快轉過去，結果我差點從椅子上摔下來。

我無法相信自己看到什麼，那一瞬間，我還以為是自己的幻覺，也許我太累或在電腦前坐太久了。我是說，我之前怎麼會沒注意到？

我倒帶回去，仔細看著他再做一遍。

是的，我沒有瘋，我的確看到了，而且立即明白以前在哪兒見過。

狄斯可小鬍子舔舔自己的中指，然後把眼鏡推上鼻樑。

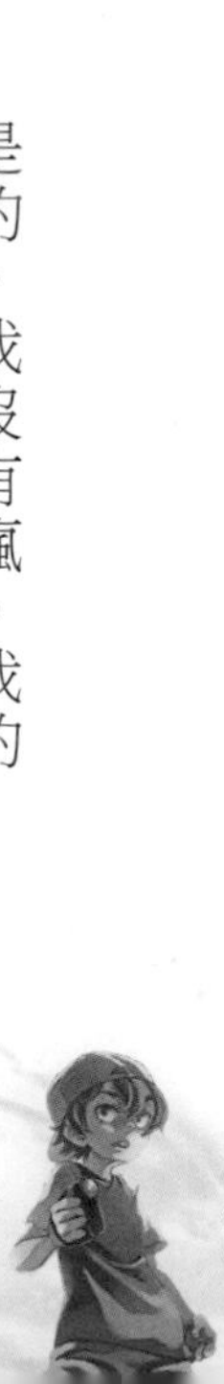

第二十一章
惡意詐騙

詐欺。呈現不實之事，欺騙對方做出使其法律權益受損之事。

我在怕什麼？有什麼好害怕的？我不知道，但某種原因令我心頭亂搗，胸口有如被相撲選手奮力踩踏一般，我連牙齒都在打顫。

尤哲辛先生繼續喊：「剩十五分鐘，各位！」

我動作得快點，我印出小鬍子的照片仔細盯著。我到底在想啥？這傢伙又瘦又年輕，而且牙齒齊全。他把眼鏡推上去前舔了中指又如何。有什麼大不了的。

我相信他跟查克不會是唯二那樣做的人，那又不是很稀罕的事。其他人一定也會那樣。（如果他們搞一個舔指怪咖的網站，我也不會太訝異。）這只是巧合而已，那個瘦巴巴的傢伙看起來一點也不像查克。

我對自己翻了個白眼，我真是自尋煩惱，現在只剩下十二分鐘半了，竟還把時間浪費在這種事上？

我拿起筆，煩亂的在小鬍子的臉上亂撇。我推開照片，回去看螢幕。把作業完成！西羅，你能不能專心工作？

我很努力了，偏偏專心不了。我不清楚原因，但我必須再看一次照片，我好像被它催眠了，照片彷彿在說：「西——羅！西——羅！看著我的眼睛，仔細看我的眼睛……」

我看了。

好奇怪。

不是奇怪，是詭異。

背脊的寒毛會豎直的那種詭異。

那只是一道潦草的黑墨水，但你若斜眼把照片稍微擺歪，看起來就有點像大鬍子。

相撲選手又開始來踩我的胸口了。

看起來非常像大鬍子，照片看起來很像查克，但鼻子不太像，眼鏡也是。他現在戴的眼鏡很老氣，但那對眼睛並沒有變。

現在也甭想弄作業了，我得搞清楚自己是否猜對。

我把剩下的鬍鬚填上去，塗黑門牙，在他眼下加些眼袋，把頭髮弄得像查克。

這時相撲選手邀了其他相撲朋友一起來共襄盛舉了。

我的手抖得好凶，連按鍵都按不了。我將手臂抵在桌上，勉強調出晚餐派對上幫查克拍的影片。我拿起狄斯可小鬍子的照片，然後用手肘推推費茲默。

「嘿，快點。你覺得這個照片裡的人，看起來像影片裡的人嗎？」

費茲默又宰掉幾隻外星人後，看了看，他的嘴都快嘟到鼻子上了，他來回晃著腦袋。「嗯，」他說，「好像有一點。可是，吼！你知道他更像誰嗎？」

「不知道，誰呀？」也許我遺漏了什麼顯而易見的東西。

「卡瓦娜老師。」

我忍不住哈哈大笑，他說得沒錯。

尤哲辛先生開口了：「還有十分鐘，各位，到時不管你們弄完沒

有，我都要回家了。開始收拾東西吧。」

照片沒有百分之百相像，又不是複製人，但確實有些相通。二十年可以讓一個人變得很不一樣。（舉個例子：安德十歲時參加過教會合唱團。）查克可能就是小鬍子，也不是不合理，但我怎能確定就是他？我又不能去問他，除非我能取到這兩個人的指紋，否則指紋也起不了作用——當然還需要犯罪調查小組的人幫忙。無論如何，我需要一些東西，去證明照片上的人不是狼狽的卡瓦娜老師。

可是這影片是在我出生前拍的，我如何才能查出那傢伙的身分？

我看著螢幕，影片繼續播放。基因比對、聯邦調查局的犯罪特徵分析X光片。我想不出任何有用的東西。

接著我心念一動，我並不需要那些精良的方法，只需看演職員表就成了！狄斯可小鬍子或許當不成明星，但拍攝影片的人也許會為了趕他走，讓他別再去煩他們，而對他致謝。

尤哲辛很嘴賤的，像即將引爆的炸彈似的數著：「滴答……滴答……滴答。」（我見過他發飆，或許他沒在開玩笑。）

我點開潔亮咖啡的舊紀錄片，火速轉到演職員表。

運氣不佳，沒看到查克的名字。

我咬著指甲邊的肉刺，想了一秒鐘。

那傢伙是科學家，也許他不是用查克這個名字。或許對他來說，查爾斯聽起來更像搞科學的。（我的意思是，誰會去聽一個叫「阿音斯坦」或「妞頓」的人說話？）

我倒帶重新播放演職員表。

有了！有個叫查爾斯的。

不對，沒有。

查爾斯是人家的姓，不是名字。我繼續看演職員表，接著某個意念——我不清楚是啥——讓我又回頭審視。彷彿我的眼睛瞧見了某個大腦沒看見的東西。

我再次望著演職員表。「感謝恩尼斯特・桑德森博士、麥可・瑞席博士，以及史丹佛大學海蝨實驗室的鄧肯・查爾斯。」

鄧肯・查爾斯。

查爾斯・鄧肯。

查克・鄧肯。

查克・鄧柯克。

重要的是，現在我很篤定，那不是卡瓦娜老師的照片了。

尤哲辛先生發話了：「六分鐘，各位。我就是指你，西羅・麥克恩泰。」

我用左手四處翻動紙張裝忙，一邊用右手搜尋鄧肯・查爾斯，結果找到一堆同名的人。我懷疑他會是那個贏得烏克麗麗輪指世界大賽冠軍的鄧肯・查爾斯，或是在基斯帕基斯秋季集市上，贏得奧利歐餅食用比賽的鄧金・鄧肯・查爾斯，但我有可能料錯了。（他的大肚腩總不是憑空來的吧。）

我猜，我所要找的鄧肯・查爾斯，應該是那位撰寫《大西洋海蝨：夯不啷噹超級偉大之學術論文》的人。我也懷疑他是撰寫www.patentlyfalse.org網站上所有內容的傢伙，那裡也有一大堆科學垃圾。

我沒有時間詳查了。

尤先生正往我走來，我發現自己無法從海蝨學術論文上得到太多資訊。（我連標題都看不懂。）於是我點進網站其中一個選項，然後按下列印。至少這些內容較短，等我回家後再細讀這位鄧肯・查爾斯在談什麼。

尤先生說：「不行，不行，不行，不行，西羅！你沒空印任何東西了。」

「唉唷，別這樣嘛，尤哲辛先生！只有一頁而已，拜託啦。」

「不行，我已經警告你很久了。」

「我真的真的真的需要這份資料做作業。求你了！」

「不行，我的冰棍球賽再十五分鐘就要開打了，不能因為你不肯早做安排，害我沒看成。卡瓦娜老師很早以前就交待這份作業了。」

當我聽到紙張開始呼嚕嚕的從印表機裡滑出來時，我已經跪到地上，跟死老百姓一樣的「求大爺饒命」了。尤先生也聽見了，他翻翻白眼，抓住我的胳肢窩，奮力將我拉起。我覺得他以前是他們隊上的強將。

「好吧，好吧。」他說，「去拿吧，然後快點離開！」

「多謝，尤先生！您是大好人。」

這點功勞我得給他，他笑道：「而你是個小麻煩。」

我把紙頁和照片收進檔案夾，然後回家去。

我想檢視我的推論。

第二十二章

竊聽

聆聽或窺看私人的談話或行為。「竊聽」通常指該行為，並未得到法律授權的搜索狀，或未有法院命令；而獲得法律許可者，則稱為「監視、監聽」。

我差點遲一步。我剛好繞過街角，來到我們家街上，我看到查克離開我家公寓大樓，便加緊速度。

我正要喊他「喂，鄧肯！」——看他是否會回頭——時，查克開始奔跑過街。我好震驚，誰料到他這種胖子會跑步？感覺就像圖書館前的邱吉爾雕像跑了起來。查克壓低聲音：「停！等等我！」接著他開始跟對方抱怨。

是誰？我看不見。

是安德嗎？我覺得不是，我從沒聽過查克用那種語氣跟安德說話，他總是畢恭畢敬的樣子，即使跟安德長篇大論的談法律，查克也還是跟鄉巴佬一樣。

那麼對方會是誰呢？絕非陌生人，我不知道自己為何曉得，但我就是知道。我想，跟陌生人說話的樣子，跟熟人不一樣。

可是查克還認識誰？真好笑，可是我從未想過，除了我們，他還可能認識其他人。我是說，沒有人為他出席法庭，顯然也沒有人等他回家吃晚飯，查克應該沒有固定的理髮師，我懷疑雅圖拉會待在街角等他。

我必須看看到底怎麼回事，我偷偷繞過去，蹲到一個約兩年前便扔

在我們公寓前的垃圾桶後方。這不是理想的制高點，但已經是我能找到最接近的地方了。查克擋去我的視線，而且我也聽不到他講的話，但是從他伸長脖子，揮舞手臂的樣子，看得出他很不爽。

我正打算衝過街，看能否躲到對街郵筒後面，等看得更清楚些時，查克卻突然轉身要走。這回我聽到他大聲而清楚的說：「好啦，你晃心啦，我到時再跟你碰面！」

我猛然把頭縮回垃圾桶後方，就像卡通裡，把頭縮回殼裡的烏龜。我只需看清一眼，他在跟誰說話就夠了——而我看到了。

我早該料到了。

是畢夫·佛蓋爾

第二十三章

脅迫

威脅傷害他人。

我背倚著垃圾桶，吸了口氣。（在想啥呢？媽呀，垃圾臭死了。）太詭異了，查克為什麼會跟畢夫說話？他們是在吵架嗎？該不會又是跟之前一樣爭風吃醋吧？

有可能。查克清醒時大部分時間都跟安德在一起，但若是因為吃醋，他為何稍後要安排跟畢夫見面？我不覺得他們是那種會聚在一起談論心中感受的人。

也許他們想單挑或什麼的，那太怪了，但也許挺酷的。我的意思是，我一定會去觀戰，而且我知道費茲默也會想去。

我無暇釐清事況。

只見安德從大樓裡衝出來，高喊：「查克！查克！謝天謝地！你還在這裡，你忘記帶你的檔案了，我不知道是該親自給你送過去或等西羅回……西羅？！你躲在垃圾桶後面幹什麼？你在那裡待多久了？你在做什麼？窺探別人或什麼的嗎？」

我這輩子，有一件事絕對可以相信，那就是安德。如果我自己沒惹麻煩，她總會幫我多惹一些。

我腦中飛快轉著各種可能，挑了一項最好的說詞。挺可悲的，但我還能怎樣？我踉蹌站起身，摀住一隻眼睛說：「啊，我，呃……我八成是滑倒撞昏了。我整個昏迷不醒，完全失去知覺，啥都聽不見，或看見什麼。真的。」

安德的頭往後拉開，說道：「呃，最好是啦，你以為我會上當嗎？怎麼了？難道你忘記我以前是不良少女嗎？」

就這樣，安德清清楚楚，喳喳呼呼的讓鄰居們都聽見了。

「你唬不了我，廢話少說，你在搞什麼鬼！」

查克挺身幫我做所謂的辯解。

「我倒不會那麼武斷，安德。」他露出迷人的牙齦，「這孩子前一晚才生過病，現在身體還虛著，我記得他好像病很慘。我能幫他看看嗎？我學過急救訓練。」

安德點點頭，對我露出電視上醫生會有的表情（要顯出關心，顯然只要微微抬頭，皺著眉心就成了。安德做得非常到位）她似乎不介意，上回查克施救，最後把對方送進了太平間。

查克抓住我的肩膀，將我轉過去跟他面對面。他用力把我的下眼瞼一扯，簡直像在表演讓碗盤原地不動的抽桌布。「你的瞳孔看起來正常，沒有腦震盪的跡象。」

他兩手鉗住我的頭，用力一擠，我覺得兩耳都擠到中間了。「好像沒有哪裡摔斷。」

他用兩手指節在我的頭髮裡「用力揉滾一番」。

查克說：「我看看你這裡有沒有腫塊……奇怪囉，如果撞昏，通常會腫起來。」

他弄亂我的頭髮後，調皮的推我一把，「你運氣灰常好。」

安德忽然發現她差點失去我，便用兩臂環住我的脖子說：「噢，西——西！」

她好像嫌我不夠慘，抱我時，還將我手中的資料夾撞翻，紙張四散於地。門牙塗黑、畫了鬍子的鄧肯・查爾斯正抬眼望著我們。我用腳把照片踢翻。

查克問：「那是什麼？」

我說：「沒什麼，沒什麼啦，是我的作業。」

安德說：「沒什麼？！別開玩笑了，這可不簡單！這將是西達德高中最棒的錄影作業！相信我，查克，西羅做了很厲害的記者訪調！」

現在不是提本人訪調技巧的時機，我覺得查克一定不會欣賞。

我說：「妳別再說了行不行？」然後彎身去撿檔案。

安德說：「哇，小心，西——西，我來幫你撿，不要有突然動作，我不希望你又昏過去。」她彎身拾起那些紙張，塞到資料夾裡。

安德說：「查克，我們該走了，西羅需要好好睡一晚，我不希望他情況變糟。」她把檔案交給查克，然後抱住我，我沒有抵抗，因為安德是唯一讓我撐下去的理由。

查克說：「說得好，安德。我若是妳，就會好好照顧那孩子，他要是不小心點，就會給自己惹上大麻煩。」

第二十四章

冒名頂替

以假名或假身分進行欺騙。

我躺在床上輾轉難眠，思緒悠轉不停，不斷的問著同樣的問題。查克就是鄧肯・查爾斯嗎？他若真的是某個了不起的大科學家，為何要去當清潔工？還有他為什麼不告訴任何人，說他認識恩尼斯特・桑德森？查克**知道**他認識桑德森嗎？也許查克因嚴重車禍，失去牙齒，腦袋受了傷。也許他有失憶症，甚至不知道自己是誰。我是說，這是有可能發生的。

或者，我只是最近看太多爛電影罷了。

照片掉到地上時，查克看見了嗎？他若看見，會造成任何影響嗎？

他為何要跟畢夫說話？我幹麼那麼在乎？也許查克叫畢夫滾開，別再跟蹤我們了，也許他想幫助我們。

不對，查克不是熱心助人的人。

我的蠢作業還沒完成，那才是我應該在乎的。我得睡一下，把這件事情忘掉。

我逼迫自己進入昏睡狀態，在腦中重播莎諾黛親吻我的畫面，努力想著瑪莉・麥伊薩克，想像自己在美國的職業滑板場裡溜滑板，瑪莉和莎諾黛兩人從旁一起為我加油打氣。

但我卻只能想到查克。

罷了。

我打開燈，拿出檔案。也許花個十分鐘，回答某些問題，我就能拋開這件事，回床上睡覺了。也許我從網上列印出來的那一頁紙，能為我擺平整個爛攤子。

我打開資料夾。

看著那些紙張，所有事項都以工整的字體寫下。**策略：惡意控告。**

我一定是非常非常累，因為我沒有嚇到或起任何反應，只是呆呆的想：「呃，這是什麼？」我沒看懂，便又多翻了幾張，心想，「我之前那張照片不知跑哪兒去了。」然後我的血液猛然一涼，就像冰汽水在血管裡奔竄，一路從背脊竄下去。我從裡到外起了雞皮疙瘩。

我想起安德彎身拾起我掉下去的文件，看到她把資料夾交給查克。

安德拿錯了，那是我的資料夾，裝著查克的電子郵件和「他的」照片的那份資料夾。

我死定了。

我抓起另一份檔案，在睡衣上面套件夾克，然後從寢室窗口跳出去。

第二十五章

無遺囑繼承

生前未立遺囑者。

我重重落在防火梯上，渾身一僵。安德的燈沒有亮，她一定以為是別人家的孩子翹家了。

我一路往下跳，最後雙手一張，蹲落在人行道上。那一瞬間感覺有夠酷，這是動作片裡的英雄才會幹的事，真希望有人能看見我——但我一垂眼，看到睡褲的褲管塞在布鞋裡，整個人便被拉回現實了。

我不是詹姆士・龐德或馮迪索（Vin Diesel，譯注：好萊塢動作巨星），甚至是《無敵蟲蟲》裡的超級巨蟲（巨蟲也許比較接近本人）。

我是西羅・麥克恩泰，而且陷在天大無敵的麻煩裡。

按本人胳肢窩的出汗狀況看，我應該是一路奔到查克家的，但我不記得了。我的身體像打到自動駕駛檔，自主操作。我必須用所有腦力思忖，等到了查克家後，該跟他說些什麼。我要如何解釋，自己為何半夜十一點跑到他家？萬一他已經看過資料夾了呢？那我又該說什麼？

「那不是我的資料夾，是我們實驗室同伴的東西，是我拿錯了。」

或「蛤？你覺得那個牙齒塗黑的傢伙跟你長得很像？為什麼，我都沒注意到！」

或——這是我目前最喜歡的一個——「你何不現在殺了我，讓我圖個痛快？」

查克家大樓的安全門仍是開的，那並不代表我運氣好，或運氣差，得看你怎麼想。我決定不多想，直接溜下樓去敲查克的門。我希望在查克開門前能產生靈感。

我等了一會兒，沒人應門。

我鼓起勇氣再敲一次門，我不能偷偷溜掉，我非取回資料夾不可。我輕聲喊道：「查克！」

還是沒回答。

我敲得更用力些，稍微提高聲音喊：「查克！是我！西羅！」我又用力敲了幾次門。

這次有人回應了。隔壁公寓的門開了，一位穿粉紅色睡衣的皺巴巴老太婆對我揮著手中的捲髮器說：「別再拍啦！你怎麼還不去睡覺？我都想叫警察了，你看不出來那個男的不在嗎？你有毛病嗎，孩子？我們正常人可是要睡覺呢。」

我說：「對不起，對不起。」然後從走廊上退開，我不想惹麻煩，老太太個子雖小，卻拿了傢伙。

我來到外頭，一時間覺得慶幸。我心想，噢，好吧，反正我已經盡力了！我去過他的公寓，敲了門，還嚷嚷半天，他不在，現在我也不能幹麼。

我開始折回家，在心中努力給自己鼓勵「啦啦啦」的唱歌，但我的身體還在發顫。

弱雞。

弱雞又怎樣？我就是個弱雞，我不在乎，至少我是個還活著、還在呼吸的雞，而不是萬一給查克——或安德——逮到我在打什麼主意後，變成炸雞塊的炸雞。

我走過車道，發現一樓的窗子屬於地下室的公寓，要找出哪一間是查克的公寓並不難。

所以呢？接下來要幹麼？

我不知道。

沒必要停下來。

可是我人都來了，還是至少看一眼吧。

但話又說回來，也許我還是繼續走比較好。

我繼續走著。

然後停下來嘆口氣，來回猶豫了幾次，最後轉身往大樓折回去。

這太蠢了。

做就對了。

我發現查克的公寓應該是從街邊數過去的第二間，我跪下來往窗戶裡窺探。燈沒亮，窗簾也拉上了，但簾子稍微嫌窄，簾布之間約有一條甘草糖寬的縫隙。

換做別人，一定會說：「好吧，我想我大概看不到任何東西了，該回家去寫我的遺囑了。」但我沒有。

我把鼻子湊到玻璃窗邊，設法把頭繞過去，以免擋到街燈。

我看到桌上有東西，至少是某個物件的邊角。我相當篤定，就是那份資料，我得再看仔細點。

天色好暗，那到底是資料夾，或只是個舊盒子？

我踮起腳跟，把臉往上重重貼在窗子上，結果犯了個大失誤。

窗子被頂開了，我以倒栽蔥的姿勢跌進公寓裡。

第二十六章

無故侵入

非法侵入住宅；闖入他人建物，意圖犯罪。

我在空中翻了一個滾，重重摔在地上。

隔壁老太太用力敲著牆，又開始尖聲喊著她要睡覺。我像個凍到麻痺的雪天使般，躺在鬆脆的灰地毯上。我凝視天花板，直到房間不再旋轉。

如果在這個節骨眼上，直接搖白旗，用粉筆在四周畫出身體輪廓，等凶案警探過來接受害者，應該會簡易很多，但我還是爬起來了。

我後腦勺上的腫塊跟查克的鼻子一樣大，但願毛髮沒有他的多。如果不久後想去玩滑板，我得在頭盔上挖個洞。

玩滑板。哈！萬一在這裡給查克逮住後還能走路，就算命大了。

噢，對了，那倒提醒我，放聰明點，快離開這裡吧。

我跳到沙發上，把窗戶關起來。我絕對沒辦法從窗子爬出去了，因為窗子太高，這不是地下室公寓，比較像監獄公寓，我得從門口離開。

剛才以為放在桌上的資料夾，結果只是另一個披薩盒。我翻找一會兒，但漆黑中根本找不到檔案。我扭開一盞燈。

看來查克跟我們一樣，在同一個地方撿家具——也就是垃圾回收日的街角邊。他有一張中間凹陷的沙發，一張作為茶几的三腳腳凳，一張用歪斜布膠帶黏住的破爛懶骨頭，還有一小張桌子跟一張相似的椅子。

都是我們這一帶會看到的物品，但查克比其他人擁有更多有趣的藝術收藏。他牆上仍釘著恩尼斯特．桑德森的照片，還有實驗室那個叫瑞席的傢伙，以及一張莎諾黛穿比基尼，披著美國小姐飾帶的八乘十吋亮面照。

我覺得好像有蟲子往我背上爬。

我不喜歡查克把莎諾黛的照片放在牆上，也許很多男生都會，但我知道，查克不僅是粉絲而已。他為何對她那麼感興趣？想報復嗎？

我不太敢轉身，怕會找到別的東西。我的照片？一副死屍？露齒燦笑的查克——外加一把更閃亮的槍？

我嚥著口水，閉上眼睛，轉過身，然後逼自己張開眼。

我看到東西就在我面前——資料夾就擺在小桌上。

旁邊是一架全新的筆電。

太令人生氣了！我老媽免費幫查克打訴訟，電力公司威脅要斷我們

家的電，我還是沒得到那張愚蠢的長滑板，而查克竟然有一臺全新的筆電？這畫面太不應該了吧。

我應該火速調換資料，快快離開，可是此事已非關本人的生死了。現在我相當火大，我受夠查克了，這傢伙是個騙子，一個冒牌貨！我要他死無葬身之地。

一個「來自新斯科舍省鄉下地區，沒受過什麼教育的可憐人」，需要筆電做什麼？我打開筆電，想查個究竟。

我趁電腦開機時，四處翻看公寓。第一個念頭是，查克一定是靠鐵路工披薩**過活**的。（這是我痛恨他的另一點。）我很喜歡鐵路工披薩——尤其是夏威夷希臘綜合口味加雙倍起司麵皮——可是連我都沒辦法吃那麼多。公寓裡到處都是披薩盒。

不過引我注意的是，大部分盒子看起來都是全新的，而且非常乾淨，沒有油斑，沒有起司的拔絲。這些盒子像是直接從工廠搬過來的。

查克是怎樣——收藏家嗎？他以為披薩盒有一天會變得很值錢嗎？為什麼有人要囤積沒有用過的披薩盒？

電腦螢幕亮了，我看到更多令人氣憤的事。查克的作業系統有各種軟體：用來修圖的Photoshop、Lime Wire、影片剪輯軟件，要啥有啥。我發現筆電裡有一張光碟，便將它點開。

果不其然。

那是我的影片作業。

好，很好，查克竟然說對了，我家真的被搶了。我一定可以找到《麥田捕手》，還有安德的腳趾環——如果查克沒戴在自己腳上。

隨著時間流失，我的火氣越來越大。沒有什麼比重做作業更讓我憤怒的事。這傢伙欠我欠大了，我一定要讓他付出慘痛的代價。

我點開他筆電裡的一些檔案，有關桑德森博士到哈利法克斯拜訪的消息，有些關於工業清潔劑和新斯科舍省鄉下的歷史資料，這些顯然是查克從網路上下載的，還有一些關於審判的報導。

沒有什麼太恐怖的東西。

我點進Safari瀏覽器，點開**網路瀏覽紀錄**的欄目，（這傢伙竟然還有高速伺服器。哼！）想看他都搜尋哪些類型的網站。

www.patentlyfalse.org. 假冒專利。好吧，算是回答了一個問題，真正的鄧肯・查爾斯顯然被我抓到了。

他還搜尋別的什麼網站？

www.puttingthedieindiet.com

www.thiswonthurtabit.com

www.toxintalk.com

挺有意思的統一定位網址，但那並非這些網站唯一的共通處，查克似乎對毒藥極感興趣，光想到就令我坐立難安。

我點擊關閉電腦。剛才「要他死無葬身之地」的狠話，我突然全忘了，一心只想離開這裡。我顯然想太美了，查克可以留下他的電腦，只要別殺我就行了。

筆電花了兩百年的時間才關上，我在小桌上敲著手指，這裡到處是筆記和紙張，但有張釘在牆上的紙，顯得特別顯眼。

查克寫道：「道格拉斯『畢夫』‧佛蓋爾」，底下是畢夫的電話號碼、住家地址和——我過了兩秒鐘才會意過來——他的工作時間表。

若是在其他時候，我看到這種東西一定會嚇壞，但這回沒有。

因為此時我心中想著別的事。

其中之一，就是門鎖轉開的聲音。

第二十七章

全面通緝

由執法單位向其他執法單位發出之通告，通常包含危險或失蹤人士的資料。

動作片裡常出現一種場景，邪惡的國際毒品販子駕著失控的直升機，一頭撞在裝滿黃色炸藥的旅行房車上。大爆炸時，英雄通常僅在兩英呎外，但他一定會處變不驚，然後很酷的：

1. 轉過頭，
2. 評估火球噴向他的速度，
3. 躍出五大步，然後

4. 安全的鑽到一部經過的車子底下。

就這麼輕鬆。

現在的情況有點類似，唯一不同的是，我聽到門鎖裡的鑰匙聲後，

1. 轉過頭，

2. 估計自己完蛋了，

3. 像個尿急的小鬼，跳上跳下，然後

4. 衝進臥房裡，而且竟然沒撞倒任何家具，或在地板上留下一灘漏尿，洩露本人的行跡。

門開了——我沒開玩笑——隨即就開了。

查克心情很好，我聽見他在吹口哨，或許正因為如此，他才沒有注意到我忘記關燈了。我緊貼在門後，祈禱他不會走進臥室。（這整個經

歷過程，突然令我充滿虔誠的宗教感。）

查克進入臥室，我抖得好厲害，門把都跟著發顫了。查克一定很習慣在大步踏入房間時，東西會跟著震動，因為他似乎也沒注意到這點。我聽到吞嚥聲，答答聲，然後發出一聲「啊」。等查克又吹起口哨時，聲音聽起來就變了。除非我聽錯，否則他像是裝好假牙了。查克走回另一個房間。

我該怎麼辦？我不能待在門後，一定會被他發現，我需要一個更理想的藏匿點。

我聽到冰箱門開了，猜想查克應該在看冰箱裡，不會往這邊瞟。於是我衝出去。

鑽到床底下，雖然不像路過的車子那般理想，但也足矣。我相信查

克不會看到我在這裡。查克看不到任何低於他肚腩的東西，說不定他已經好幾年沒看過自己的腳掌了。

我仰躺著，努力不發出乾嘔。我怕死了，但那不是唯一令我噁心的理由。這裡就像內褲掩埋場，我猜查克八成覺得：「直接踹到床底下，讓內褲在那兒晾幾天就可以了，何必大費周章去洗？」

我把兩三條內褲撥到一旁，以便看清楚屋裡的狀況。等我離開這裡（如果我走得了），一定要記得消毒手。

我側過身，即使沒有擋路的四角褲，我的視野依舊不佳。查克起身去拿點心時，雙腳就會在我的視線裡進進出出，但我看不見他膝蓋上方的動靜。

查克在視線區外坐了下來。（我知道他坐下來，因為聽到懶骨頭的彈簧吱吱作響。老實告訴你，我為那些彈簧感到難過，聽起來就像有人踩到貓尾巴。）查克有一陣子沒起身，他似乎不想起來了。我翻身背躺著，努力放鬆。

在我快把心跳壓到一分鐘低於一千下時，電話響了。

放鬆個屁啦，我差點彈穿屋頂，當然了，這裡指的是床墊。電話鈴聲巨響，彷彿就擺在我耳邊。

電話顯然離我很近，鈴聲再次響起時，我發現電話就放在床頭櫃上。

我的牙齒開始顫動得比先前厲害，電話是安德打來的，我知道一定是她。她去我房間，發現我不在，這會兒正對我全面通緝。查克會說：「沒有，沒有，他不在這裡。」接著他會想，「咦……有鬼。」然後就

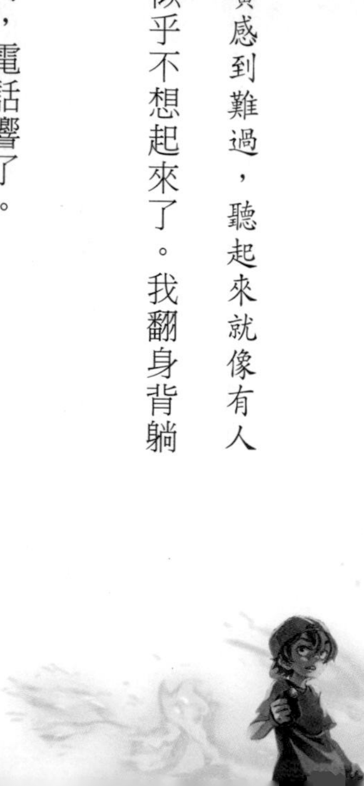

會四處查看，發現燈沒關，並注意到筆電跟他離開時，擺的地方不太一樣。他會嗅著空氣，拚命的聞，就像殺人的巨人（譯注：指英國童話，傑克與巨人裡的巨人）和我老媽的朋友，聞到闖入者的氣味那樣。

我死定了。

電話又響了。

我聽到懶骨頭發出咿咿呀呀的聲音，查克把自己抬起來，說道：「好啦，好啦，來了啦。」

他接起電話，「喂，幹麼？」

真有禮貌。就像俗話說的，你可以給人一副牙齒，但不能逼他講好話。

他站在那兒搔抓著，「嗯……嗯……大的還是中的？好，我會準備好，別遲到，冷掉的話人家會抱怨，我不想被抱怨，明白了嗎？還有，有她的消息嗎？你有照我的話，把那張傳單留在她那兒嗎？……好，好啦，我得想別的辦法跟她聯繫，也許我們應該提供低脂特餐……呃？又怎麼了？……我跟你說過了！你的錢我有！到時會有！」

他咒罵後掛斷電話。

我不知道發生啥事，查克在這裡開披薩店還是什麼嗎？聽起來他好像在接訂單，至少能解釋怎會有這些盒子。

事情越來越詭異了，最怪的是，難道查克是發明鐵路工ＱＱ麵皮的天才嗎？這傢伙還有什麼不會做？

他離開房間，我又可以呼吸了，我覺得他有一陣子不會回來。如果查克在做披薩，就得做上一段時間。但除了盒子之外，我覺得他好像什

麼都沒準備。

我以為他會進廚房，但沒有。他走回客廳，再次在我視線外坐下來。

整整有十分鐘過去了吧，我聽到幾聲咿呀聲，和幾聲身體發出的噪音（如果你明白我的意思），但就沒別的了。他是放了幾個屁，但不算巨炮。

有人敲門。

查克起身應門，我立即知道是鐵路工披薩的外送，我認得那個氣味。（我自認專家，甚至確定知道是哪一種口味的披薩：上面鋪滿了鯷魚。這味道我以前聞過很多次了，是畢夫的最愛，他不想做飯時，總是點這種披薩。我本人很討厭這種口味，但我從來無法剔盡所有的鯷魚，總是會有兩三隻漏網之魚躲在義大利香腸下面，等待適當的時機，伏擊本人可憐的味蕾。）

查克對門口的傢伙喃喃講了幾句話，然後走回客廳。我猜他是去拿皮夾之類的。他彎身打開其中一個堆在屋裡的乾淨披薩盒時，害我嚇了一跳。

看到他戴上黃色烤爐用手套去開盒子時，我又更詫異了。他怎會需要烤爐用的手套？盒子又不燙，披薩也是。我都想不起最後一次外送披薩送到家時沒冷掉，是啥時候了。

查克背對著我，因此我看不到他在幹什麼。我聽到美味的麵皮唰唰的擦在新的硬紙盒上。太奇怪了，但我相信，他只是把披薩放到新盒子裡而已。查克將舊盒子丟到地上，盒子打開了，是空的。

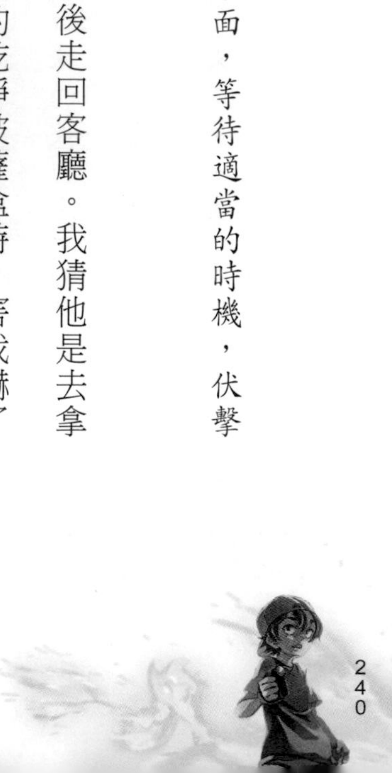

查克回到門邊，開始罵外送人員。「不對！不是那樣！小心！手小心放！小心盒子！」那傢伙一定很想扁查克，我是說，不過就是個披薩！被查克搞得像是畢卡索親手做出來的。

查克又訓了那傢伙最後一次，然後重重摔上門，鎖上所有門鎖。發生啥事了？他幹麼把披薩還給人家？為什麼要放到乾淨盒子裡？查克絕不是那種挑剔講究的人。

我講真的。

他走進房間，在床邊駐足。相信我，足上的指甲絕非講究的人會留的，我見過腳指甲比他乾淨的土撥鼠。

我聽到他在抓癢，打呵欠，把玩某個東西一會兒，然後他的襯衫落在地板上。我聽到**咻**——的拉鍊聲，他扭動一下，褲子便從腿上滑落了，他從褲管裡踏出來。

我知道接下來會怎樣，我把皮繃緊。

查克脫掉內褲，不出所料，他用腳趾把內褲踢到床下。內褲滑入，停住，溫熱且冒著溼氣的內褲就停在我面前。我只要一伸舌頭——相信我，我絕不會那麼幹——就能碰到了。我只能想到鼠疫。

查克跳到床上，像七歲小孩看到新的超人床單，興奮不已。床墊凹下，將我壓在地板上，他沒聽到我的腦殼碎裂，真是奇蹟。

我最恐怖的惡夢成真了。

就我推斷，查克睡覺時不穿衣服。

第二十八章

檢察官

刑事法之官方律師，負責起訴及審判被控犯罪之當事人。

被胖子困在床底下的一項好處是，能給你思考的時間。我的意思是，反正我沒別的事做，不能掙扎，不能咬指甲的肉刺，連深呼吸都辦不太到。（我的肺沒問題，只是不敢多聞那傢伙的四角內褲。）

我突然把事情想明白了，更甭說關於良好個人衛生習慣的重要性。

查克・鄧柯克就是鄧肯・查爾斯無誤。他認識恩尼斯特・桑德森。

他本身是科學家，因此很清楚把易燃物品扔到火上，會有什麼後果。

換言之，那不是意外。不是某位大好人在危急時做出錯誤的決定，查克是蓄意謀殺桑德森的。

為什麼？那是我想不通的地方。

查克翻過身，我可以感覺身上的骨頭像穀片似的給壓碎了。我真希望自己以前多喝點牛奶。

我想到那個在實驗室裡拍攝的大學影片。

為了名聲嗎？也許吧。那是他要的嗎？桑德森占盡所有的榮耀，肯定讓鄧肯——查克極度不爽。而且那還只是在潔亮咖啡爆紅之前的事咧。我是說，你能相信嗎？這傢伙只因為在一部沒人要看的三流推銷影片中，未能得到同樣的曝光量，就記恨在心。

是不是太可悲了？

查克單純為了嫉妒，而失心瘋？是因為這樣嗎？

媽呀！

太恐怖了。

我跟自己保證，再也不會因為別人有張好滑板，或漂亮衣服，或正常的母親，而嫉妒任何人了。我不希望查克的狀況發生在我身上，我想像二十年後的自己，滿頭亂髮，牙齒禿落，滿心妒恨的走向崁多跟他打招呼，然後他問：「你是誰？」我的意思是，若二十年沒見過查克，一定會是那種反應。查克跟鄧肯**看起來**根本不像同一個人了。

我突然想到了。

我的手部若是能移動，一定會敲到頭。

我想到，就是那樣啊！如果我要殺一個人，難道會想被人認出來嗎？查克不希望看起來像鄧肯！所以才故意不戴假牙，把自己弄得邋遢萬分，蓄髮留鬍子，增胖。所以他才會偷走我的光碟片，他一定認為我在調查他。

一切細節都拼湊起來了。

因此他才會如此不願曝光的裝害羞，他並不是謙遜——是才怪咧——他只是格外謹慎罷了。他要確保沒有以前實驗室的朋友，在新聞播報上聽到恩尼斯特・桑德森死亡的消息，並看穿查克的喬裝。

他戴起帽兜，掩住自己的臉，維持低調。在他仍是英雄時，這能為他的形象加分——不想居功等等——而當他也變成嫌犯時，看起來也不會那麼怪。每個人在進法庭的途中，都會遮掩自己的臉。沒有人希望認識他們的公車司機或咖啡師或表親，在電視上看到他們，認為他們是罪

犯。

查克運氣也很好，加拿大法庭通常不許拍照，所有看到他審判的人，都是透過官方放在新聞上的插圖，沒有人能從那些素描中認出他，也沒有人能從那種素描認出自己的**母親**。

可是莎諾黛……就不一樣了。她在法庭現場，查克不能在法庭上遮住自己的臉。莎諾黛認出他了嗎？是不是因為那樣，她才會去做那些調查？因為她已猜出他有某些狀況？

有可能。

查克開始打鼾，呼得像鼻竇有問題的科學怪人。我只能等隔壁的老太太再度敲牆壁。（如果那種呼聲還弄不醒她，別的恐怕也不夠力了。）

不對，仔細一想，我很確定莎諾黛沒有認出查克。理由有二。第一、年齡差距。查克和桑德森共事時，莎諾黛大概還在包尿布。

第二、假如莎諾黛認出查克，那麼整個審判便會不一樣了。我幾乎可以確定莎諾黛會告訴檢察官，查克並非他自稱的好心幫忙的陌生人。律師一定會在法庭中提出疑點，然後四處打探，直至發現查克和桑德森的過節——一次爭吵、一張借據、失蹤的海蝨、任何事物——然後律師便會試圖說服陪審團，那就是查克殺害桑德森的動機。

如果查克有殺害桑德森的動機，如果他蓄意殺害博士，也許就不會被以過失致死罪起訴，而是以謀殺罪的罪名起訴了。

好。那麼莎諾黛究竟知道什麼？

她知道某些內情，或至少有所懷疑。懷疑什麼？

她在被我找到的那份筆記紙上寫了什麼？

老實說，我看到紙頁時，注意到的是她的香水，而不是她的研究。

我試著回想筆記內容，在心中默讀，上面寫了易燃性、滅火器、電子郵件和……什麼別的？

快想啊，我還記得什麼？

金髮、綠眼、燦爛的笑聲。

那倒是有幫助。

交通法庭。她寫了**交通法庭**，這點我很確定。

但為什麼？

交通法庭有啥特別？

畢夫！

畢夫在法庭遇到桑德森嗎？是那樣嗎？桑德森在春園路上拿了那麼多超速罰單，他在法官面前出現時，畢夫正在當班嗎？

也許那就是畢夫和查克之間的關連！

畢夫是否告訴查克，桑德森在法庭？畢夫是否幫查克跟蹤桑德森，讓他更容易下手？

所以畢夫才會監視我們家？

我想起那次我們一起吃飯，畢夫和查克交換的眼神，當時覺得好笑，現在卻覺得一點都不好玩。

那兩個傢伙打一開始就在合謀！想到這裡，我的血液就開始……賁張，我的頭彷彿變成一大坨鼓動的黏糊。

太殘忍，太惡劣了。畢夫竟然從未愛過安德！也許他甚至不曾喜歡

過她，畢夫只是在利用安德而已。他一定是在法庭上見過她，一定聽說過她是正義瘋子，知道只要裝成被壓迫的可憐人——例如某個沒受過教育的清潔工——安德就會問都不問的接受你的案件。

回想我們第一次在報上讀到關於查克的文章，我們是如何注意到的？是畢夫把報紙放到桌上的嗎？他是否有意無意的把報紙推給安德？那是設好的局嗎？

他們究竟為什麼非要安德來接管這個案子？是否本案有某種會把正常律師嚇退的內情？

我不知道，我想不起來，無法思索，我氣壞了，我好想宰掉他們。尤其想宰掉畢夫，他傷害安德，令她心碎，他是故意的！我才不在乎他有多魁梧，是「法庭警官」。他欺負的可是我老媽，我開始覺得安德說得對了，畢夫是個很壞很壞的男生。

查克突然在床上亂晃，把我擠在地板上。他扭開燈，嘟囔的搔了搔，重重靠在我頭部，然後從床上起身。（等被他整完後，我的臉都快扁成神仙魚了。）他晃過走廊，走進一間房間，然後關上門。我聽到水聲——至少我認為是水——嘩嘩的流。

他在浴室裡！機會來了，我從床底鑽出來，快速溜到前門。就在我抓住門把時，想起了資料夾，我聽到查克在哼歌，但願他會在裡頭久待。我折回小桌旁邊，調換資料夾。

走了半條街後，我才恢復心跳。

第二十九章

非法跟蹤騷擾

不斷接近一人，使對方擔憂自身的安危。

我回到家時，安德睡得跟寶寶一樣，甚至沒發現我不在。不過畢夫則是另一回事了。我偷偷從前窗望出去，他又出現了，我看到他移到陰影中。

我只需要這麼做了。

我拿起電話撥九一一。

「有人在跟蹤我們。」我說。

我等警察過來逮捕他，畢夫似乎跟他們爭執了一會兒，然後他們把他的雙手銬在背後，就在警察把他推進警車前，他抬眼看向窗子。

我對他豎起大拇指。

解決一個了，還剩一個。

第三十章

專利

政府頒給發明者的法律文件，擁有專利的發明者，有權力阻止他人在該國任何地方製造、使用或販售該專利之發明物。

第二天早上，我跟安德說，我身體不舒服，沒法上學。通常我得證實自己肺臟破了或斷了手腳，才能安然脫身，但這回老媽信了。我看起來一定很糟糕，大概瀕死經驗具有那種功效吧。

安德一離開，我就開始工作。我從牛仔褲裡找出莎諾黛的筆記紙，在公寓中四處翻找，直到蒐集足夠的午餐費——因為這些日子，廚房裡都沒有可吃的東西——然後衝到圖書館。

莎諾黛說她每天會來，希望她說的是真話。我們得好好談一談。

遊戲玩家、無業遊民、長青讀書會，所有圖書館的常客都在，就是不見莎諾黛的蹤影。

我問圖書館員有沒有看見她，他斜眼看我，彷彿我侵入他的領地，但他終於表示：「她剛剛離開，說她在春園路上跟人有約，也許你可以趕——」

等他說出「——上她」時，我已經衝出門了。

往左是去法院，右邊則是去所有其他地方。

我選擇往右，我看到陽光從她的金髮上輝映，她在我前方整整一條街外，莎諾黛踩著高跟鞋，走速並不快。我開始躲躲藏藏，穿過邁向城中心的人群，朝她挨近。

我在皇后街被擋在紅綠燈另一頭，她又跟我拉開距離了，等綠燈一亮，我真的得加緊速度了。

我高喊：「莎諾黛！」但她繼續前行，不知是否聽見我了。

我再次喊：「莎諾黛！」這回嗓門扯到頂了。她聽見了。（相信我，她聽見了，連西藏的人都聽到了。）她回身歪抬著頭，綻出一朵投射燈般的笑容。她停下來等我趕上去。

莎諾黛調皮的看著我說：「喂，你怎麼會知道我的名字？」

我說：「呃……」

呃，唉呀，我忘了這檔事，我們從未相互介紹，對我來說，她應該只是某位我在圖書館遇到的女士。

現在回頭想想，我其實應該回答：「我從報上認出妳」或之類的話

——但我沒說。

我擔心她若發現我知道她的事，便會起疑，把事情串起來，發現我是安德的兒子，那麼她就不會再跟我說話，不相信我是站在她那一邊的了。

我好慌，張嘴站在那兒，拚命想找理由解釋，為何我這樣的小孩，會知道她的名字。我只能想出一個理由。

一個最爛的理由。

接著我只知自己朝她挑起一邊眉毛，像個未成年的花花公子，說：

「我怎能不設法打探妳的芳名呢？妳是如此的風情萬種。」

說這種話時，你通常不會預期對方哈哈大笑，可是看到莎諾黛笑時，我真的鬆了一大口氣，至少她有可能覺得我在開玩笑。

她說：「天啊，你嘴巴好甜！上學日你跑到城中心做什麼？」

完美的進場時機來了，「呃……妳把這個忘在圖書館裡了。」我把筆記紙交給她，「我想這可能……**很重要**。」我想像她攤開紙，溫柔的逐一解釋紙上的項目。

「噢，謝謝你！」她說，「我還在想，筆記跑哪兒去了。」

她把紙收進皮包裡，然後繼續前行。

進場個頭。現在我要怎麼去提這件事？

莎諾黛不停聊著天氣，我走了一條半的街，才只想到「有件事我想……想請問妳……」這時她突然停下來說：「很高興跟你聊天，我要去的地方到了。」

不行，她還不能走，我得查出她對查克了解多少。

快做點什麼呀，西羅！

現在就做。

立刻馬上！

我說：「哦，是嗎？真的嗎？有意思，我也是。」我抬眼發現兩人站在女性美容Spa店外。

她輕輕拍了一下我的肩膀說：「我太吃驚了！你是新好男人嗎？我根本無法說動我老公，讓他試試這種女生的活動！」

女生的活動。好吧，雖然不算理想，但沒關係。我不能因此放棄，我默默檢視四周，確定沒有學校的人，然後跟著她後頭走進去了。

這是那種超級酷的地方，所有東西都又白又閃，所有員工看起來都像擁有自己的電視節目。莎諾黛太適合這裡了。

我則格格不入。

接待人員說道：「嘿，莎諾黛！您今天稍微來早了，請先休息一下，我去跟勞倫斯說您到了。要不要先來點小黃瓜煥光液或樹薯潤滑膏之類的好物？」

莎諾黛用她美妙的聲音嘆口氣，答說：「不用了，不用。」她在等候室坐下來。

接待員轉向我問：「我能為您做什麼服務呢？先生。」我還沒想到那麼遠，我只想跟莎諾黛講幾分鐘話。

我正想說：「剪頭髮。」但我瞄了一下角落裡的價目單，剪個頭要六十大洋！別鬧了。我渾身上下的毛髮也不值那個錢。

這下該怎麼辦？

如果回說：「不用了，謝謝。」豈不糗大？尤其莎諾黛就坐在那兒。

我傻愣愣的站在原地，渾身出汗，就像學校自助餐隊伍前方的孩子，不知該選擇雞肉捲還是熱騰騰的漢堡特餐一樣，就像掙扎著到底要請誰去參加學校畢業舞會。

接待員拿鉛筆搔著自己的脖子，努力的陪著笑臉。

我再次瞄一眼價目表，裡頭只有一項低於十塊錢，我的零錢差不多是那個數目。我不在乎是啥項目，便指說：「我就做，那個吧。」

她笑了笑，揚起眉毛，彎身靠向我，低聲說：「當然，沒問題，您若不介意稍等的話，勞倫斯也能幫您服務。」

我在莎諾黛身邊的椅子坐下，該鼓起勇氣了，再拖下去也無益。

我說：「所以，妳到這裡做什麼？」

她大笑道：「在Spa裡面不該問這種事，你有可能聽到寧可不知道的事！」

我說：「噢，天啊，對不起，我的意思是，妳到**哈利法克斯**做什麼？」

她再次大笑，「你怎麼知道我不是哈利法克斯人？」她用一根修長的手指戳戳我的肋骨，「看來，你也一直在做調查！」

我說：「呃，是啊，有一點。」然後臉就紅了。幸好莎諾黛覺得那樣挺可愛的。

「我想你也知道我老公是誰了。」她說。

我點點頭，她笑了笑，但有些悵然。

「我是到這裡出席審判的。」

我說：「噢，是的……但那是很久以前的事了，不是嗎？妳為什麼還在這裡？」

她瞅著我的眼睛，伸手拉起我的手，然後說道：「你也很迷人，你知道嗎？」

我的心一跳，她高笑一聲，我也跟著大笑起來，完全中了她的招。

「說真的啦。」我說。

「我也是說真的，寶貝！你是個非常可愛的年輕人，但你說得對，那並不是我仍在此處逗留的緣故，老實說，我還待在這裡，是因為……呃……我也不清楚……只是覺得事有蹊蹺吧。」

我說：「妳不是指我吧？」

那話也惹她笑了，很好，反正無傷大雅。

莎諾黛說：「不，不是的，你很好，親愛的。我是指事情有些不太對勁。」

「例如什麼？」我說。

她嘟囔著嘴，意思是「我到底該不該跟他說？」我瞠大眼睛，努力裝出天真無害的樣子。

我看出她偷笑了一下，好像不太買我的帳，但又覺得無所謂。

她有好一陣子沒說話，後來她問：「你對審判的事可有所聞？」

「我知道的不多。」我撒謊，「有人試圖從大火中搶救妳先生，但妳先生死了，他們控告那傢伙過失致死，諸如此類的。」

她把雜誌放到茶几上，深深吸口氣。「是的，差不多是那樣。查克・鄧柯克，被控告殺害恩尼斯特的傢伙？他被判無罪開釋，陪審團大概認為他一時心慌，便把東西扔到火上，卻不知那東西會爆炸。」

「妳對這件事做何感想？」我問。

沒想到她說：「一開始我當然很生氣，但我還是放下了，我想陪審團已盡可能參考他們手邊的資料了，他是真的有可能一時慌了手腳。我若看到起火，不知會如何反應，說不定會幹下同樣的事……」

這番話跟我希望的走向完全不同。

「所以哪裡有蹊蹺了？」我問。

莎諾黛把頭髮往後一撥，抬眼望著天花板一秒。「只是我越想越覺得奇怪，為什麼一開始會著火。海蝨——那是我老公研究的東西——並不易燃。相信我，如果牠們是易燃物，我早幾年就會放火把牠們燒掉

了！我痛恨那些醜陋的小東西。我不懂我們家恩尼在牠們身上看到什麼，我只知道他絕不會在牠們四周燒火，絕無理由。」

聽起來查克也沒有自己想像的，將此事想得那般通透。

「還有另一件事。」莎諾黛說，「那裡為何沒有滅火器？為何沒有很多滅火器？那可是實驗室，拜託好不好！實驗室一定會有滅火器，必須得有，法律有規定的……」

她現在火力全開了。

「但還有比那更令我不解的事，那傢伙扔到火裡的東西叫強強滾去汙粉，他用那東西清潔地板，我就是搞不懂那點。大學裡怎麼還會有那種東西？那公司好幾年前就倒了。你想知道為什麼嗎？因為去汙粉老是爆炸！」

她用手摀住嘴，然後轉身一秒鐘。也許我不該再往下談了，但我欲罷不能。她是我釐清緣由的最佳機會，我說服自己，我這麼做是為了雙方好。

我等了一會兒，然後說：「所以，嗯，妳認為發生什麼事？妳覺得這個叫查克的傢伙有嫌疑？他故意做了某些事嗎？」

莎諾黛用指甲撥著睫毛，她的睫毛都弄溼了，但她假裝只是平時的打理。

「沒有，我沒那麼想，至少不再那麼想了。他只是個可憐的工人，努力想糊口罷了。他有什麼理由那麼做？」

我的心往下沉，莎諾黛也被查克唬弄了。

她接著說：「我有兩種推論。查克·鄧柯克真的努力去搶救恩尼

了，他找不到滅火器，除了把去汗粉扔到火上，實在想不出別的辦法，假若真是那樣，我認為我們應該控告大學。我查過了，我在網上找到幾個法律網站——這得謝謝你。」她伸手拍拍我的手，我努力聚焦在她所說的話上。「除非我誤解了，否則大學有責任確保雇員受過訓練，並確保大學建物的安全性，學校裡甚至不該出現強強滾去汗粉這種東西。」

那對我的幫助並不大，「妳的另一項推論呢？」我說。

「就是這件事根本不像表面上那樣。」她雙手誇張一比，然後笑道：「我知道聽起來很蠢，我告訴我的律師時，他覺得我傻了。也許我是傻，我連高中都沒畢業——如果你需要任何證明，證實我是笨蛋，那就是了。我輟學跑去參加選美！還能有比這更笨的事嗎……總之，那不是重點。」

她看著我，「你真的想聽我的瘋狂推論嗎？」

我點點頭。

「唉，你是第一個想聽的人，孩子。好吧，我說囉。我覺得有人為了潔亮咖啡，想殺害恩尼，他們計畫把強強滾去汙粉放在那裡，或縱火之類的。」

「誰？」我問，「為什麼？」

「我不知道是誰，至於為什麼，呃，有個進一步的猜測，我想——我認為，跟專利保護有關。你知道什麼是專利嗎？」

我知道，但我不打算承認。她不必知道我了解多少。「不懂，不太懂。」我說。

「我不是律師——哈哈，很好笑吧？——可是該怎麼解釋呢？專利

就是一種你發明了某種東西的證明。如果你得到某種東西的專利，就表示你是唯一能製造、販賣該項物品，或從中獲利的人。假如你獲得某個好東西的專利，就能靠它發大財了。就像恩尼和他的合夥人麥可那樣。可惜有那種好事時，其他人眼中就只看到錢了，他們看不見讓潔亮咖啡上市的背後所付出的辛勞。恩尼告訴我，他們花了好幾年時間，才做出能潔白牙齒，但不會讓人掉牙的產品。」

我想像查克用一口禿牙說：「他如果不小心，就有可能惹上大麻還。」我覺得事態開始逐漸兜攏了。

莎諾黛告訴接待員說，她還是想來點小黃瓜煥膚液；接著她繼續說道。

「總之，恩尼多年來一直接到某個人的騷擾電話和信件，說他才是潔亮咖啡的正宗發明人，恩尼只是先跑去專利局註冊而已。恩尼不想拿那種事來煩我，但我知道他在哈利法克斯時，又遇見那個人了。」

「真的嗎？」我說，「在哪兒？」我知道她接下來要說什麼。

「恩尼飆車出了點麻煩……」她做出那種「糟糕了」的表情，然後朗聲笑道：「他很講究健康，不碰速食，但他酷愛飆車！總之，他得上交通法庭。他回來時，我不知道怎麼講，反正心情很差。我還以為他不高興，是因為法官發他脾氣——但其實是為了別的事。後來我才知道，有個人跟他搭訕，對他說了些話。我想一定就是那個寫信的傢伙，如果他知道恩尼何時會去交通法庭，那麼也有可能知道他何時會獨自在實驗室裡。」

缺禿的牙齒、「假冒專利」的網站、交通法庭，這都能說得通。

莎諾黛垂眼看著自己的手，轉著指上的婚戒。「我真希望自己能早些知道恩尼遇到了多大的麻煩，也許能設法救他一命，這件事擾得我無法入睡，幾乎吃不下飯，憔悴得要命。」

她皺起臉，以免哭出來。

「妳並不憔悴，莎諾黛。」我說，此話出於真心，不是為了安慰她。她才不憔悴，她好美，好善良，而且還很聰明。別人都不清楚究竟發生什麼事，但我敢打賭，她已經解出謎團了。

「你好貼心，」她說，「幾乎跟我們家恩尼一樣。」她握緊我的手，看到勞倫斯進來，連忙把眼淚收住。

「要我待會兒再過來嗎？」勞倫斯問。

是的。

莎諾黛卻搖頭說：「不，不用了，沒關係。我們只是在聊天而已。」

勞倫斯說：「做臉要花點時間哦，莎諾黛。介意我先幫妳的朋友嗎？脣部熱蠟只要一秒鐘就搞定了，尤其他嘴上又沒幾根毛。」

第三十一章

為了……的利益

字面上為「由誰得利？」，引申為犯罪的個人或團體，或是從中獲利者。

接下來的一兩個小時，我更感興趣的是，如何把勞倫斯送去坐牢，而不是查克。我是說，是哪個神精病虐待狂，想出用蠟除毛的點子？把滾燙的熱蠟倒到別人臉上，然後一撕——也撕去他們大部分的嘴唇——還要對方付十塊錢？那傢伙真是個邪惡的天才。

勞倫斯的帳我以後再跟他算，我得先想辦法處理查克。

現在我很確定他是幕後黑手了，我是說，一切都言之成理。查克以前跟桑德森及那個叫麥可・瑞席的傢伙工作。他們其中有人想出潔亮咖啡的點子。誰知道呢？說不定就是查克，畢竟掉了牙齒的人是他。

無論如何，桑德森和麥可把這點子拿去申請專利，並發了大財。查克超不爽，他花了好多年的時間，但最後終於搞定，跟桑德森單獨在實驗室裡了。他弄到一些以前的強強滾去汗粉，知道那東西會爆炸，便把它扔到火上，布置得像場不幸的意外事故。

現在我顯然該打電話報警。

並承認我闖入那傢伙家裡，翻動他的東西，還檢查他的網路瀏覽紀錄？

不行，不能那麼幹，我希望警方逮捕的人是查克，不是我。

而且，我有什麼證據，能證明人是他殺的？真正的鐵證？雖然所有線索都能串起來，但又如何？人們每天都會編出能自圓其說的故事，那

些線索仍不足以定一個人的罪。我沒有任何指紋、血跡或目擊證人的口述，只憑自己相當不錯的直覺而已。

一般而言，法官對直覺不會有什麼好感。

還有另一件事挺困擾我。即使我有證據——充足確切的證據——能證實是查克幹的，我也不確定那能扭轉什麼。我慢慢想起在法律學院所學的東西，某個法律原則。

那就是**Res Judicata**（一罪不二審）。

如果這與我想的意思一樣，那我們就太遲了。沒有人能將殺害桑德森的查克定罪，即使我們在現場將他活逮。

我無法忍受這種事。

我心情沉重，覺得查克將會逍遙法外。

第三十二章

搜索票

由法官或地方行政長官發出的法庭令狀，授權執法人員對個人或地點進行搜索，找尋犯罪證據，並予以沒收。

崁多不喜歡我的點子，但他還是支持到底，我就是喜歡他講義氣。

「你確定是查克幹的嗎？」他問。

我點點頭，在攝影機裡塞入一張光碟。

「你確定這是我們唯一能逮到他的辦法嗎？」

不，我並不確定。聰明絕頂的法律天才，也許能想出別的辦法，但這已是我竭盡所能的結果了。我再次點頭。

「是啊。」我說，「我很確定，他不可能被定罪，我打電話給雅圖拉問過了。」

崁多的眼球都快從頭上掉出來了。「你跟雅圖拉說你打算這麼做？她都不管你？」

我哼道：「沒有啦！怎樣？你以為我瘋啦！我當然沒告訴她，我只是**假設性**解釋一下狀況，假裝學校作業要做有關撒謊的殺人瘋子的議題。我問她，如果在類似情況下，能不能適用**一罪不二審**（**Res Judicata**）的原則，她說可以，當然也是假設性的啦。」

崁多聳聳肩說：「我想我們沒得選擇了。」

我們當然有另一種選擇，我們可以打電話報警，希望警方能採信某個十五歲小鬼的話。也許他們會裝作沒注意，我那些所謂的證據，大多是本人非法闖入查克公寓取得的。

我們可以乾脆放棄說：「反正事情就那樣了。」然後忘掉整件事。我們可以做很多其他的事，我或許很想，但就是辦不到。我不能讓鄧肯・查爾斯在殺人後逃之夭夭，我要在還有機會時逮住他。

「是啊。」我說，「我們沒得選了。所以——咱們要放手一搏嗎？」

崁多抬起手，意思是，幹吧。

我極力抑制顫抖，努力裝得跟崁多一樣酷。我拿起電話打給查克，問他介不介意讓我過去，把我的作業再給他看一遍。我需要他的建議，有幾個問題想請教他。

他一副很歡迎的樣子，我並不訝異。

他喜歡當個無所不知的人。
而且他一定也有幾個問題想問我。

第三十三章

化名

假名。

「唉唷唷……」我說，「你這兒重新裝潢過了。」

公寓裡一塵不染，筆電不見了，披薩盒一定都拿去回收了，所有查克朋友的照片全挪掉了。公寓看起來就像真的住了一名清潔工，就算我打電話報警，只怕警方這會兒什麼都找不到了。

查克露著微笑，他的牙齦倒沒有裝修過。

「請進請進。」他說，「你會餓嗎？我剛吃了一些披薩，如果你想吃的話，還有剩下幾片。」

我上次吃飯是啥時候的事？想不起來了，那天我有好多事要做，要

準備，我餓死了，光聞就知道那是我最愛的口味——夏威夷希臘特製披薩，但我表示：「不用了，謝謝。」反正我現在連吞嚥都很困難了。

「好吧，你有什麼要給我看？」查克裝出百貨公司聖誕老人會有的愉快貌，我覺得他都快要邊說呵呵呵的邊把我抱到他大腿上了。

「是這樣的。」我說，「我的作業快要收尾了，我想確定資料沒有寫錯，你能幫我檢查一下嗎？」

查克說：「我很樂意啊，不知道我能幫多少忙啦，你也知道，我只是新斯科舍省鄉下，一個沒受過什麼教育的可憐人。」

我們兩人聽了都微微一笑，他甚至不再那麼努力演了。

我四下環視，尋找插頭，結果在窗邊找到一個，便把錄影機插上去。完美！

「介意我把窗子打開一點縫嗎？」我說，「我覺得有點熱。」我甚至有汗漬可以證實。

查克笑了笑，揮揮手，意思是請便。我在沙發上坐下來，把錄影機放到茶几上，扭動視窗，以便兩人都能看到。他靠得有點太近，讓人挺不舒服，但我能怎樣？

「準備好了嗎？」我問。

「放吧。」他說。

這跟他以前看過的版本不太一樣，開宗明義第一句就是：「查克・鄧柯克——又名鄧肯・查爾斯——冷血殺害恩尼斯特・桑德森。」

第三十四章

殺人未遂

企圖故意或不計後果的殺害一個人，視人命如草芥。

這有點讓人不爽，我那麼努力更新作業，查克卻連看都懶得看。我們還沒放到他更換名字，跟蹤桑德森到新斯科舍省，他就向我撲過來了。（他比我想像的更敏捷。）

我有些吃驚，我還以為自己會有一點時間擺置陷阱。

他兩手掐住我的脖子，拿我的頭去撞地板。我想掙脫，但簡直是做夢。

我想到忘記給崁多打中斷訊號了，真是犯了大錯。

看來沒希望了，我聽到天使的歌聲，明白自己無法貫徹原本的計畫了——其中一項包括活到成年。

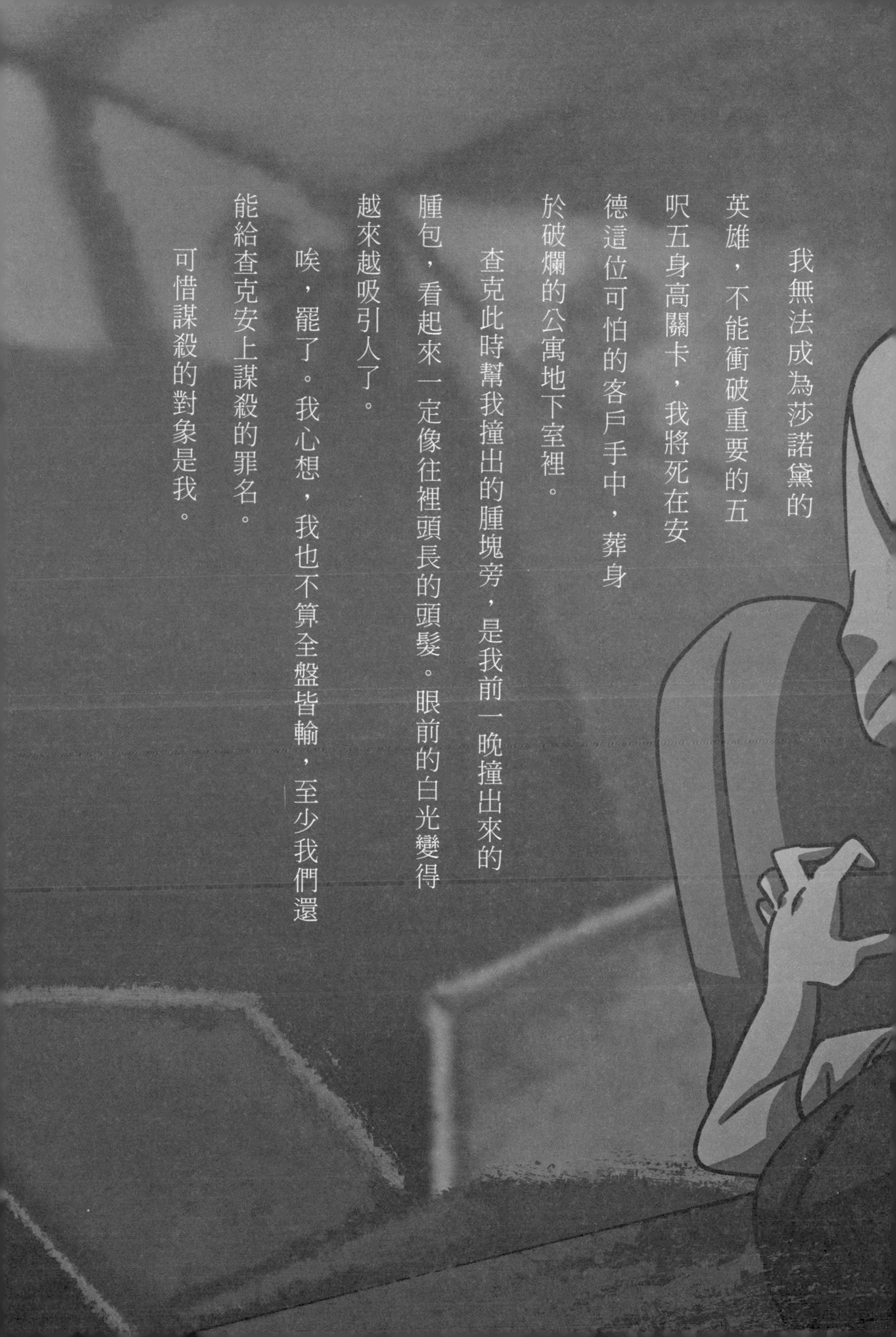

我無法成為莎諾黛的
英雄，不能衝破重要的五
呎五身高關卡，我將死在安
德這位可怕的客戶手中，葬身
於破爛的公寓地下室裡。

查克此時幫我撞出的腫塊旁，是我前一晚撞出來的腫包，看起來一定像往裡頭長的頭髮。眼前的白光變得越來越吸引人了。

唉，罷了。我心想，我也不算全盤皆輸，至少我們還能給查克安上謀殺的罪名。

可惜謀殺的對象是我。

那一瞬間，我覺得自己挺偉大的，就是那種犧牲奉獻的感覺。我看到報紙上的頭條，想像伊娃・傑克遜報導重大消息，我們學校為此降半旗。

我幾乎是在享受，直至想到我傷心欲絕的可憐老媽在我墳前痛哭。然後，突然一切都變了。

我難道不生氣嗎？為什麼死的人是我？拖我下海，蹚這個法律渾水的人是安德，我根本就不喜歡，從來不喜歡。我只想玩滑板、鬼混、胡鬧。若不是她想方設法把我變成小法律學家，我現在也不會被撞到腦袋開花。

都是她的錯。

全都怪她。

總是那樣。

我才不要為了正義這種微不足道的蠢玩意兒，十五歲就英年早逝。

我必須反抗，不能放棄。

一股蠻勁油然而生，那不是超人之力或之類的東西，但亦足矣。我把查克的拇指往後扳開一兩公釐，我的氣管便張開了。我吸進一小口氣，直視他的眼睛，說出我必須要說的話。

「Res judicata.」（一罪不二審）

第三十五章

一罪不二審

法律概念。被告之罪行獲判無罪後，不得用同樣的罪名再予以起訴。在加拿大，「一罪不二審」通常稱「一罪一審」。

我被迫啞聲重述三遍，但最後終於收效了。查克不再掐著我，我知道他無法忍受不了解這句話的意思。

「你說什麼？」他問。

我揉著脖子，嚥了幾次口水，確保身體一切都沒事。「Res. Ju—dee——cat——ah，」我說，「拉丁文的意思是，『事情已經抵定。』」

他低吼：「那又怎樣？」然後又想掐我脖子。

我搶先護住自己的脖子，「換句話說，你脫罪了。」我說。

他上下打量我，好像我在街上跟他兜售名錶似的。他不相信我。

「我是說真的。」我說，「這是個非常重要的法律觀念，意思是，你不能用同一種罪名審判一個人兩次。」

我看得出他真的很想繼續勒死我（以前我在安德臉上見過那種表情），但我自顧自的往下說，他總算控制住自己了。

「你聽過一罪不二審吧？」我問，我不知道他有沒有聽過，反正他點頭了。查克絕不會承認自己有不懂的事，尤其在我這種小鬼頭面前。

「同樣的事件，如果你在法庭上獲判無罪，他們就不能拿相同的罪名再次審判你了，即使有了新的證據也不行，你殺害恩尼斯特・桑德森也無所謂，反正你自由了，查克！」

他對著我大笑，彷彿我是呆子。「你錯了，判決還是可以上訴。」

我坐起身，「你能不能別再壓住我？」我說，「我的腿都快麻了。」他挪開身子，但仍逼得很近，必要時還是可隨時傷害我。

「判決的上訴是不一樣的。」我講得有些心虛，我已很久沒上法律課了。我努力回想雅圖拉跟我說過的話，「如果法官或律師犯了法律上的錯誤，那麼案子便能上訴。例如法官跟陪審團說錯了話，或其中一位律師違反規定等等之類的，但你的案子都沒有那種情形，沒有人犯法律上的失誤，陪審團在看過證據後，判你無罪了——雖然你真的有罪。」

我以為他會撲上來揍我，連忙自救。

「我的意思是，你真是天才！他們全被你騙倒了，你殺了恩尼斯

特・桑德森，而且全身而退，贏了個大滿貫，鄧肯！噢，抱歉，你會介意我喊你鄧肯嗎？那是你的真名，對吧？鄧肯・查爾斯？」

我可以看到他臉上開始漸漸露出笑意。

「是啊，好吧，就叫我鄧肯。我媽以前都這麼叫。」

我拍拍他的背，「你值得好好的被恭喜，真的，你狠狠教訓了那個偷取你潔亮咖啡點子的桑德森……」

查克咯咯笑道：「你說得對，我確實教訓他了，不是嗎？」

這會兒我要說到重點了，雖然只是一種直覺，但得試了才知道有沒有效。

「我還有一件事非知道不可，殺害桑德森跟宰掉麥可・瑞席比起來，是不是更痛快？我是說，那是不是更——大快人心？」

查克想了想。「你知道嗎？我覺得是欸。對我來說，殺麥可簡直太容易了，他很會吃，毒死他非常容易。我只要每天在他的馬昏蛋糕上撒點毒，等兩個月，他就掛了。可是桑德森對他的食物就灰常小心了，他以前總說，『花胖的食物會害死人！』我心想，最好如此！那樣我會輕鬆很多，可以一箭雙雕，同時殺死他們兩個人。」

我努力擺出「真可惜」的表情，他搖搖頭，然後聳聳肩。

「後來桑德森就花財了，我沒能靠近他，我試圖威脅他，但一點幫助都沒有。我得想個新點子。最後，我花了好多年才終於解決他。有趣的是，那緩偶更有成就感。我覺得自己完成了某種功績，那些年的籌謀和計畫，都值得了……」

「那很棒啊，查克，對於各地的瘋狂凶手而言，你無異是一種激

勵。所以——你的殺戮遊戲現在結束了嗎？你能終於放鬆下來了嗎？」

「是啊。」他點點頭，「快了。」

「你一定很期待再把牙齒裝回去。」

他放聲大笑，「真的，我很期待去火羅明哥餐廳的肋排吃到飽之夜，聽說灰常棒！」

我說：「哦，是啊，是很棒。」好像我很懂，我們吃得起佛羅明哥餐廳。我起身要走，留下來聊天已經沒什麼意義了，我已得到想要的東西了。

他抓住我的臂膀，「等一等。」他說，表情又恢復之前的詭異模樣。「你打算怎麼處理那段影片？」

「啊，這個嗎？」我說。我把光碟片從錄影機裡拿出來，「諾，給你，我不打算拿它幹什麼。」

他手裡拿著光碟片，但似乎還不滿意，「我以為這是要給學校的，若是給我，你作業要交什麼？」

「別擔心，我會交別的東西，我只是想拿給你看而已，那點我倒跟你很像，我想知道自己是對的。」

聽到這話，他的表情稍稍一鬆，查克伸手拍拍我的肩。噢，是的，我們是好朋友。

「你確定在走之前不吃點披薩嗎？」他問。

我搖搖頭，急著想看崁多是否全都拍下來了。

第三十六章

毆擊罪

意圖以暴力傷害他人。非故意的傷害不叫毆擊罪，無論其行為有多粗率，或傷害有多嚴重。拳架是常見的毆擊罪；打棒球時被暴投的球擊中，則非毆擊罪。

我出來時，崁多還蹲在地下室的窗子邊。他拿起攝影機，對我燦然一笑。我不記得上次見他那麼興奮，是什麼時候了。

他說：「你的錄影作業剛剛拿到A了，我的朋友！」

剛才腦部缺氧幾分鐘，似乎都值得了。「太棒了，」我說，「我就只需要這樣。自己拿個A——讓查克蹲二十五年牢。」

我認為我們可以辦到，我的計畫成功了，我們讓查克在影片中坦承殺了麥可・瑞席，說不定他會因為意圖殺我，而再多坐幾年牢。

我覺得挺開心，現在唯一的問題，是如何跟安德講這件事。我把她這個惡意控告的大案子弄吹了，她一定會不開心。我想最好先跟她說點好話。

我們在離公寓兩條街口外的地方，找到一支沒壞掉的公共電話，我打給安德。我以為她會大發脾氣，怪我沒在家睡覺，因為之前我跟她說身體不舒服，但她聽起來還好。

果然沒錯，是因為食物的關係。

她說：「噢，嘿，西羅，你在回家路上嗎？最好快點，你一定不會相信，查克今天下午竟然送披薩來，感謝我為他做了那麼多事，好——

好——吃哦。」她喜歡逗我，「鐵路工特製，嗯——嗯——嗯。你的最愛，好吃好吃……聽到了嗎，西羅？」她開始在電話上嚼了起來。「我把牙齒咬進Q彈好吃的餅皮裡了，嘖嘖嘖。我要把它全吃囉，想吃的話最好快點回來……**搞什麼○○ＸＸ！！**」

她突然扯高嗓門對某人尖叫，安德扔下電話，我聽見盤子摔碎，椅子倒下，她尖聲叫著，還有一個男子的聲音。

我很習慣安德的情緒擺盪了，可是這似乎有些誇張——即使對她來說。

我拋下電話狂奔而去。

回家路上，我只聽見查克的聲音：**他很會吃，毒死他灰常容易。**

第三十七章

減輕情節

可使罪行減輕，或消除犯罪意圖的情況，並藉此減輕處分的情節。

畢夫用臂膀扣住安德的頭，但她豈肯輕易就範。她踢踹著腿，用力捶他，並一邊尖叫：「把我的ＸＸ○○披薩還給我！」

我不希望她吃披薩——但也不希望畢夫傷害她。崁多和我撲到畢夫身上，從安德的表情來看，她擔心自己得擊退我們三個人，才吃得到披薩。

接下來我只聽到警笛聲，然後警察衝進來，鄰居們全伸長脖子想瞧個究竟。

警察把崁多和我從人堆上揪下來，彷彿我們是毛衣上的毛球。我以

為他們會逮捕畢夫——我的意思是，畢竟他是跟蹤狂——但他們卻扶他站起來，幫他把夾克上的灰塵拍掉。

安德站在那兒，念出一大串能對畢夫起訴的罪狀：侵入住宅罪、竊盜罪、企圖傷害罪和毆擊罪、誹謗罪、破壞治安罪、叛國罪……她正要開始瞎編。

大塊頭警察——或者我應該說，個頭更壯碩的那名警員——八成在法庭見過安德。他說：「不好意思，安德，但我認為妳欠咱們這位佛蓋爾警官一個道歉。他剛剛搶走那份披薩，救了妳一命。」

安德才沒心情聽他說。「哦，是嗎？難不成反式脂肪還能殺了我？拜託好不好。」

「反式脂肪不會。」我說，「但妳的客戶會。」

第三十八章

犯罪行為

指實際行動的犯罪表現，而非內心的犯罪意圖。

我確實跟查克說過Res judicata（一罪不二審）這句話，但我承認，我有很多其他事情都說錯了。

舉畢夫為例，他並沒有跟蹤騷擾我們，而是在保護我們。畢夫比我更早洞悉整件陰謀。

我猜得沒錯，畢夫在交通法庭上遇見過查克。他當副警官時，看到查克在法庭上騷擾桑德森。

畢夫走過去查看怎麼回事，查克便離開了。他只聽到查克說：「你甭擔心，你會嚐到你的正義甜點。」桑德森看起來頗震驚，但他揮手表

示沒事。畢夫覺得沒什麼大事，他每天在法庭上都會看到更糟的狀況，因此也就淡忘了。

幾個月後，查克到我們家吃晚飯，畢夫不曉得自己之前在哪兒見過他，只覺得此人面熟，但說不出個所以然。

一直等畢夫端出起司蛋糕，才突然想起。查克曾開玩笑說「你的正義甜點」。這種說法不常聽到，於是畢夫想起那個在交通法庭上對桑德森博士惡聲惡氣的傢伙，那個人確實有牙齒，而且還穿著很不錯的西服，但眼前這個人騙不過畢夫，他突然很肯定查克就是那個傢伙。

畢夫也想起桑德森的表情，他臉色蒼白，根本藏不住。畢夫知道查克不是什麼大好人。他猜測查克或許有殺害桑德森的理由。畢夫等大家都回家後，才把心中的疑慮告訴安德。

安德聽完氣壞了，她就是那樣。安德認定畢夫跟其他法庭警官一樣，覺得窮人就一定會犯罪。她把畢夫趕出去。

畢夫做了一些調查，他越是研究查克・鄧柯克，就越不喜歡這個傢伙。擅長查詢網站的畢夫，怎麼都找不到查克在新斯科舍省鄉下成長的軌跡。

畢夫很擔心我們，他開始在我們家附近徘徊，以確保我們沒事。他故意讓查克看見他，想讓他知道，他受到監視。可是畢夫不能讓我們知道，否則安德會抓狂。

這段時間畢夫就靠外帶披薩過活，一開始，他以為是自己吃太多垃圾食物才會覺得噁心。接著他發現每次他訂鐵路工披薩，都是同一個外送員。畢夫認出他是自己在擔任少年法庭警長時的一個孩子，也注意到

這孩子突然戴起昂貴的新錶，也開始矯正牙齒了。

畢夫追蹤資金來源。

他比我更早查出查克家的窗戶是哪一扇。他看著外送員抵達，見到查克把披薩換到新的盒子裡，然後再遞出去。

畢夫跟我一樣注意到烤爐用的手套，那令他疑心外送員為何也總是戴著手套。（那時畢夫以為只是年輕人的奇怪流行罷了。）畢夫不知道他們在搞什麼，但一定非常可疑。

同時間，我也開始起疑了。我疑心的是畢夫。那份害我狂吐的雞肉餐，那些弄丟的腳趾環，看起來就像他幹的。我還報警抓他。

那是我幹過最棒的事，畢夫跟一名殺人嫌犯一起關在牢裡，兩人聊了起來。那傢伙無法相信畢夫怎會那麼笨。「拜託！你要用犯罪的思維去想！」他說，「你怎麼那麼笨？那些盒子被下毒啦！」一開始畢夫想不通，我的意思是，查克幹麼不直接在披薩上面下毒？可是他的牢友「寡婦製造機」狄諾・奇頌也有答案。「或許跟吞下後的味道有關，你若想慢慢毒死一個人，就不能讓他們起疑……我是這樣聽說的。」

事情開始漸漸有了眉目，畢夫發現查克老早就想幹掉我了，可是我們太窮，吃不起外送披薩，所以他才會布置得像是畢夫要殺害我。雞肉餐是他送來的，他把那次偷竊布置得像畢夫所為，讓我不再對他疑心。

幸好畢夫及時出獄，救了安德。查克在我闖進他的公寓前一晚，就已經開始下重手了，那天他送來的披薩，可以幹掉一頭犀牛。查克顯然想盡快擺脫我，他不介意順便幹掉安德。

我必須讓安德觀看崁多拍下的影帶十遍，她才願意接受查克是壞人

的事實。她垂頭喪氣了好一會兒，但還是恢復過來了。現在她要代表一位可憐悲傷的寡婦——也就是莎諾黛——控告邪惡的大學犯了過失罪。

至於我呢？我的作業確實拿了A。

我們點了一份特大的夏威夷希臘特餐披薩作為慶祝，莎諾黛和畢夫是我們的榮譽貴賓。

——完

【致謝】作者的話

沒有法律界的朋友們幫忙，我永遠寫不了一本與法律相關的書。我想謝謝Joy Day，讓我明白新斯科舍省（Nova Scotia）副警長的職務。我虧欠老友Phil Campbell幾天假日，因為他在石岩湖（Stony Lake）的船塢邊為我解釋複雜的刑事法。感謝老公Augustus Richardson III為我回答永無止盡的問題（包括「你怎麼會知道？」），而且沒有絲毫不耐。為了感謝他，以及他為了使我安份守己而扮演的其他諸多角色，我最近已將他升格了。

本書中若有任何不小心出現的錯誤，都得怪我，而非他們，這點就無須贅言了。

V.G.

【導讀】許建崑（兒童文學文字工作者）

善與惡的距離——《一罪不二審》拉出了眞假虛實的辯證

作者維姬《等價交換》獲獎兩年之後，續集《一罪不二審》問世，主角西羅跟著長了一歲。在這回故事中，媽媽安德結交男朋友道奇，是鎮上的副警長。她忙於約會，要求西羅幫忙撰寫出庭用的「陳述書」。西羅嫉妒「入侵者」，故意去更改副警長的名字為「畢夫」；副警長卻不以為意。抓住機會，有「畢夫」當靠山，西羅動念去「勒索」媽媽，好得到嶄新的滑板。

然而，安德看見報紙上一則新聞：法院打算控告英雄清潔工查克過失致死。怎麼會從「英雄」變成了「殺人犯」呢？安德的正義感被激發，她力排眾議，爭取擔任查克的辯護律師。這下子，四十八歲，穿著邋遢，吃相可怕，因為缺牙而講話漏「轟」（風轟不分）的人，來到家中占據了「話語權」，搞得氣氛低迷，連畢夫也與安德鬧翻分手。

無心的過失，還是蓄意的行為？

到底是什麼案子呢？原來是一所大學的實驗室起火，清潔工查克為了拯救百萬富翁科學家桑德森，抛擲「粉狀清潔劑」滅火，結果引發爆炸，導致事主窒息死亡。是無知？過失？還是蓄意殺人？

社會輿情一面倒，都袒護清潔工。連新聞記者採訪，也故意誘導桑德

森的孀婦——前選美小姐莎諾黛，談論她的名牌衣著、包包，來塑造她愛慕虛榮的形像。記者是無心，還是蓄意的挑撥呢？

西羅想了解事情原委，乾脆把桑德森的生平事蹟當作「媒體藝術課的錄影作業」，結果在學校圖書館中找出「潔亮咖啡」的廣告影片，發現箇中蹊蹺；也意外碰見莎諾黛，兩人交叉比對了許多疑點。美麗的女人，還是有頭腦！翻轉了大家膚淺的印象。

西羅懷疑查克涉案，而鬼鬼祟祟、出沒不定的畢夫也可能是同謀。隨著劇情發展，西羅一步一步踏入險境。法院已經定讞的案例，一罪不能兩判，他要如何破除歹徒的「保護傘」？怎樣做，才能保全自己，又能偵破全案呢？

善與惡的距離

查克為什麼要謀害實驗室的兩名科學家？因為「潔亮咖啡」的爆紅，他沒有分到任何好處，因此心懷妒恨而殺人嗎？

西羅說媽媽安德是個「左翼瘋子」，也就是過度投入「反社會」運動，要保護窮苦大眾，來對抗企業家的壟斷掠奪。她袒護弱勢者的「正義感」，值得讚許；為自己在法庭上打一場漂亮的訴訟，贏得榮譽和酬勞，也沒有什麼不對；可是當她被殺人犯誤導，變成掩蔽「壞人」的幫手，玩弄法律就沒有是非可言。當案情水落石出時，她又想告「邪惡的大學過失罪」，因為已經明令禁止大學裡不得存放「粉狀清潔劑」。你瞧，她鬥志昂揚，不改本性。

法律的設定，原本要保護善良，防止罪犯；可惜的是，法律的詮釋與

執行，往往有許多人為因素干擾。維姬以幽默、詼諧的筆法，來描繪「法律與罪犯世界」，也是希望青少年朋友能理解也能善用法律知識，來維護社會的祥和。

【推薦】陳宇安（巴毛律師法律晚自習頻道主持人）

藉由小說開拓法律新視界

承繼了第一集幽默風趣又刺激的情節，書中的男主角羅西的母親安德由法學院學生正式成為律師了，小大人羅西在天兵律師媽媽身邊，接觸各種光怪陸離的法律案件，甚至比律師媽媽更敏銳、更能洞悉一切（簡直是美版柯南，媽媽也真的就像迷糊的毛利小次郎）。

相較於第一集，《少年偵探法律事件簿2：一罪不二審》的內容更加緊湊有趣，我在拿到電子檔後不到一個下午的時間就全部讀完了。這本書情節峰迴路轉，我一度以為自己猜到了結局，結果根本不是那麼回事，雖

然是給青少年的兒童推理小說，但連我這個大人都被故事情節吸引了。

除了有趣的故事內容，書中還穿插了一些英美法律的名詞解釋，雖然臺灣的法律主要是沿襲歐陸法系（德國、日本），跟英美法律有些許差異。但我想，閱讀這本書的收穫並不是真的獲得什麼法律知識，而是能引起對法律的興趣，進而覺得法律是有趣的、好接近的，《一罪不二審》有趣的故事情節搭配法律名詞解釋，的確達到了這個效果，十分推薦給青少年閱讀。

國家圖書館出版品預行編目資料

少年偵探法律事件簿. 2, 一罪不二審 / 維姬.葛朗特(Vicki Grant)著；
柯清心譯. -- 初版. -- 臺北市：幼獅, 2020.10
面； 公分. -- (小說館；30)
譯自：Res Judicata

ISBN 978-986-449-203-9(平裝)

885.357 109012545

・小說館030・

少年偵探法律事件簿2：一罪不二審Res Judicata

作　　者＝維姬・葛朗特Vicki Grant
譯　　者＝柯清心
繪　　者＝Tseng Feng Art
出 版 者＝幼獅文化事業股份有限公司
發 行 人＝李鍾桂
總 經 理＝王華金
總 編 輯＝林碧琪
主　　編＝沈怡汝
美術編輯＝李祥銘
總 公 司＝(10045)臺北市重慶南路1段66-1號3樓
電　　話＝(02)2311-2832
傳　　真＝(02)2311-5368
郵政劃撥＝00033368

印　　刷＝崇寶彩藝印刷股份有限公司
定　　價＝320元
港　　幣＝107元
初　　版＝2020.10
四　　刷＝2022.10
書　　號＝987253

幼獅樂讀網
http://www.youth.com.tw
幼獅購物網
http://shopping.youth.com.tw
e-mail:customer@youth.com.tw

行政院新聞局核准登記證局版臺業字第0143號